敏奇才◎著

从农村的冬天走到冬天

杨宏峰◎主编

回族当代文学典藏丛书

黄河出版传媒集团
宁夏人民出版社

图书在版编目（CIP）数据

从农村的冬天走到冬天 / 敏奇才著. —银川：宁夏人民出版社，2015.3
（回族当代文学典藏丛书 / 杨宏峰主编）
ISBN 978-7-227-06004-8

Ⅰ. ①从… Ⅱ. ①敏… Ⅲ. ①散文集—中国—当代 ②短篇小说—小说集—中国—当代 Ⅳ. ①I217.2

中国版本图书馆CIP数据核字（2015）第065566号

回族当代文学典藏丛书 杨宏峰 主编
从农村的冬天走到冬天 敏奇才 著

责任编辑 陈 晶
封面设计 石 磊
责任印制 肖 艳

黄河出版传媒集团
宁夏人民出版社 出版发行

地 址 银川市北京东路139号出版大厦（750001）
网 址 http://www.yrpubm.com
网上书店 http://www.hh-book.com
电子信箱 renminshe@yrpubm.com
邮购电话 0951-5052104
经 销 全国新华书店
印刷装订 宁夏报业传媒印刷有限公司
印刷委托书号 （宁）0016904

开 本 880 mm × 1230 mm 1/32
印 张 7
字 数 150千字
印 数 2200册
版 次 2015年4月第1版
印 次 2015年4月第1次印刷
书 号 ISBN 978-7-227-06004-8/ I · 1499

定 价 26.00元

回族当代文学典藏丛书

主　编　杨宏峰

副主编　石彦伟　石舒清　李有智

敏奇才

回族，1973年出生于甘肃省临潭县，1995年毕业于西北民族大学汉语系，2014年参加鲁迅文学院第十期少数民族文学创作培训班，1996年开始发表作品，曾在《民族文学》《飞天》《回族文学》《延河》《青春》《散文》《天津文学》《短小说》《光明日报》《新民晚报》《甘肃日报》等报刊发表小说、散文80多万字。曾获第三届甘肃黄河文学奖、甘肃省第五届少数民族文学奖、第五届新月文学奖等多个奖项，为甘肃省作家协会会员。

承智慧世，回族文学之时代乐章[1]

杨宏峰

在全球化语境中，面对世界文学与中国文学的迅速发展与变化，民族心理结构的重组与来自各种渠道的文化交汇，当下的回族文学正处于觉醒与嬗变、返璞与升华之阶段，明显表现出一种认知本土、多维建构之态势，并取得了令世人瞩目之成就。这是广大回族作家选择既开放又坚守之文化策略，以其先进性与科学性认知回族文学的价值取向与民族现代性之建构。

回族文学是中国文学这个大系统中的一个重要组成部分。拥有丰富多样的民间口头文学遗产，其历史悠久、区域性影响广泛，同中亚与西亚以及世界历史文化有着密切联系，同时拥有众多作家创作的书面文学传统，构成现代文学之雄厚基础，成为考察其回族现代民族性之前提与依据。华夏独特的地理环境形成的文化积淀，孕育了丰富多彩而又极具特质的物质与精神文化，从古代回族神话、口头文学一直延续到当代回族作家文学，其间浩浩乎经历了几百年之历史烟云，成就了璀璨的回

①本文系第二批“回族当代文学典藏丛书”之总序，本“总序”在第一批丛书“总序”的基础上做了部分修改。

族文化。尤其是近代以来，回族作家文学浸润着古老的民族文化精神，凸显着一股蓬勃鲜活之气。回族文学在新时期以来的发展，基础扎实、步伐持重，故成就突出，百花满园，涌现出了强大的文学队伍，老中青三代回族作家形成了一个特殊的文学艺术共同体，共同体成员拥有丰富的民族文化遗产，并在文化想象与文化表达上具有一致性，皆能展现出其独特的自我意识。他们共同努力，勤奋耕耘，一批叫得响、立得住、受读者欢迎的精品力作不断涌出，不仅在少数民族文学界形成优势阵容，在中国文学长廊里亦是一道亮丽的风景。宁夏人民出版社历来关注和助推回族文学的发展，力荐优秀作家与作品，为回族文化留下丰富的心灵传记与动人的时代乐章，这是我们一贯坚持的主张。在20世纪八九十年代，我们就曾推出一套“当代回族作家丛书”，相继编辑出版了木斧、胡奇、张承志、马犁、马连义、张宝申等在中国文坛具有代表性的一批回族作家的作品。

后来，又陆续策划出版了一批以回族题材为特色的文学作品和理论著作，有力地促进了回族文学的持续发展与繁荣。这一时期的回族文学，在历史记忆、文化想象、族群认同等方面，具有特别重要的意义，并呈现出一派欣欣向荣之局面。文学的民族性是以该民族的世界观、价值观、美学观作为一种本质性之精神实体，艺术地表达一定社会与民族独特的历史与精神生活，在精神与实践之具体运动过程中不断变化与深化，并在文学文本中圆满地得到反映。民族文学一方面体现民族历史、社会特征，另一方面展示地域文化形态，两方面皆存在于民族文学的每一个结构层面里，最终体现在多层面组成的民族文学总体风格特色中。一个民族总是生存在特定之社会环境中，传承着特定的文化基因，有同其他民族文化特定之交汇，这是寻觅民族文化心理轨迹之出发点。长期的游牧农耕文化铸就了少数民族有别于其他民族之特性，这就是少数民族文学生存繁荣之土壤。在民族社会生活之表层，揭示出一种深刻的意蕴，亦即那些能够左右一个民族的生存与发展之特质，民族赖以生存之自然地理环境，特有之历史文化氛围以及特定的文化归属、情感归属、灵魂归属、信念归属、民族心理结构与民族性格。回族作家追溯本民族特定之精神文化与族群记忆，并对文化的积淀、地域的影响、生活的特质与当下现实进行深入探索，通过异彩纷呈的民族生活、特有的民族韵味，创作出了具有民族审美特质的作品。作品挖掘民族精神，向世人展示回族人民的勤劳质朴、豪爽宽厚、勇敢机智的性格内涵；让世人真实地了解到这一民族之所以在历史长河中生生不息、不断发展之内在因素。与此同时，回族有着很强的内聚力，这是回族人民生存之需要。有许多有识回族作家反思内聚力之二重性，在讴歌本民族这种内聚力所形成的勤奋耐劳、不屈不挠的精神之同时，还揭示了这种内聚力的消极之一面，即它所带来的封闭、对新事物的不敏感等，皆是阻碍本民族进步之痼疾。很多回族作家的作品触及与揭示了这些心理细节之复杂内涵，这表明了回族作家已经认识到困扰本民族发展之因素，这种反思与觉醒，对于文学的发展有着积极的助推作用。

每个时代的乐师，皆应弹奏出自己时代之乐章。时代精神既包含着现代意识，又囊括了当下人们可以感知的文学风格、审美习性、哲学思考、价值取向、社会情绪等多种社会基因。由于历史的变迁与各民族之融合，回族文学正处于动态变化与不断被创造之过程中。当下民族经济生活从自然形态逐步向市场化形态转变，从而导致了民族心理结构之重组与来自各种渠道的文化交汇。全新的经济格局以及新的社会心理与理念，既令人惶惑又令人兴奋地进入现代场景的五彩生活之中。在这种精神交汇、思潮辐辏之当代场景里，一向以稳重、庄严著称的少数民族文化也与其他文化一样，表现出顺应与参与之积极态度。在当今社会转型期，这种特质遭遇着前所未有之文学嬗变，新时期以来回族文学之实践也愈来愈表明了这种嬗变之不可抗拒性。故现在对回族作家作品或某种文学现象进行界定时，我们已失去了往日文学批评所表现出的轻松与从容，已经很难用回族固有之思维习惯、审美判断、情感表达方式来明确界定，这是回族文学自身在发展中带来的质的增生，也是对新的叙事模式的一种激情召唤。在这种文化愉悦交汇与思潮尽情辐辏的当代场景中，自然亦形成了现代理念与传统理念双重意识观照下的当代回族文学的时代特征与价值判断。特别是进入20世纪80年代以后，回族文学的发展出现了崭新之局面，涌现出了一大批作家作品。这个时期的回族作家较之五六十年代的回族作家，显然有了更自觉更强烈的民族文化归属感，对于民族文化、民族精神也有了更深入之认识与感受。在创作上，他们不满足于从表象上表达民族特色，而是努力深入到民族生活、民族思维、民族心理、民族情感的更深层次中去，深入挖掘民族文化、民族精神在人物内心世界中之积淀及其变化，力求在创作中将民族化与现代化、民族意识与现代意识、民族特色与时代精神较好结合起来，从而将民族的生存状态与文化性格揭示出来。从20世纪80年代到世纪末的回族文学，在民族性上，显然得到了极大的强化与普遍认同。这个时期的回族文学创作，其现代生态主义写作已进入了他们的写作视野，突出表现了在中国最浩渺、广阔的人文地理空间、人与环境及其他生态之特殊遗存关系。宏大叙事不再“一枝独秀”；许多作品视角下移，通过描绘普通人、底层与草根故事，把时代精神、民族精神的成长还原为具体人的精神成长，放大了人性描写，从而受到文坛关注。在创作方法上也主张多元共存，叙事类型、叙事视角、叙事模式与叙事手法皆逐渐呈现出多样化与个性化之趋势。很多回族作家在通过作品体现民族性上，有了一种自觉意识，有了文化归属感；在创作中描绘民族生活、表现民族的生存状况，皆更加凸显了民族性。这个时期的作品，与作为主流文学的汉族文学作品相比，没有停留在表现民族性的表象上，而是从精神之层面，从思想理念与心理情感之层面去揭示民族性，作品所呈现给读者的更多的是一种异质文化表象图景。在很大程度上，读者与社会也正是从这种异质文化图景来接受作品的。这种异质文化图景与民族性是一致的，并且凝结为一种精神动力，一种文化品格。

很显然，文学的民族性之形成与获得是一个建构的实践过程，在这个过程中，身份认同、文化想象具有特别重要之意义。人类学家科班说：“任何地域共同体，只要其成员意识到自己作为一个共同体成员的存在，并希望维持他们的共同体的整体性，就是一个民族。”(耶尔·塔米尔：《自由主义的民族主义》，上海世纪出版集团，2005年版，第59页)对作为民族实体的共同体之认同，将自己看成是共同体中之一员，在共同体中确定自己的文化身份，这是形成民族性之首要一步，也是最关键之一步。如果没有这种身份上之自觉认同，也就不会有民族性之形成。但这里的认同，不仅仅是一种身份之认同，不是那种一厢情愿地认为我就是那个民族的简单表述，更重要的是，它体现了一种文化的归属感。即是说，认同共同体的历史记忆，认同共同体的文化行为与文化价值，认同共同体的精神信仰；在想象中，将自己的命运与共同体的命运联系在一起，将自己的信仰、情感、价值理念等归属于共同体中，从共同体中寻找历史渊源、精神渊源、文化渊源、情感渊源，在共同体中塑造与被塑造。在很大程度上，我们可以说，文学的民族性是在文化想象中建构起来的。

决定一个共同体之成为共同体的是文化，体现民族文学中民族性的也是文化。民族文学怎样获得民族性，说直接一些就是怎样表达民族文化与民族精神。从本质上来看，文化是日常性的，就是人们日常之生活，人们的行为模式、思维方式、情感形式，人们的精神信仰，以及人们为表达精神信仰所创造的一系列仪式符号。建构民族文学的民族性，就是要求作家在文学中表达民族的生活，关注民族个体生命的存在状态与现实处境，从民族之日常生活中发现民族精神与文化品格，皆是民族命运。而要表达民族生活，揭示民族命运，更重要的是需要我们的回族作家有丰富的文化想象力与感受力，而这种想象力与感受力则是在回族作家对民族文化、民族传统、民族日常生活有皈依感之前提下才能获得的。回族作家对民族文化、民族传统、民族生活之认同，对于作品民族性之获得，是具有决定意义的。“生活在自己的民族中具有更多的优点。它提供了被重要的他者承认的可能性，不管这个他者是自己的长辈还是同辈。他们理解我，就像我理解他们一样。而这种理解在我的内部创造了在这个世界上我并非无足轻重的感觉……民族生活使个体能够享受到一定程度的、光凭自身不能体验的自我实现。”(耶尔·塔米尔：《自由主义的民族主义》，上海世纪出版集团，2005年版，第80页)当民族与民族生活对我们的回族作家有这样的意义的时候，回族作家创作中的民族性，就一定是一个自然之过程。亦即说，回到民族文化中去，回到民族传统中去，回到民族生活中去。这样，回族文学的民族性就一定能够得到彰显与强化，这是保证回族文学获得民族性之根本。

透过这些散发着浓郁回族民族特色的文学作品，我们看到了一个承载着坚韧、清洁、挺拔与希望的博大、宽厚的精神载体，看到了记录时代、紧贴大地、挖掘普通人内心世界的民间情怀，此乃源于回族作家对生活的丰厚积累和深刻洞察。这些作品，是对回族优秀文明及其精神信仰之依赖与传承，也是对当下时代的某种浮躁之风的抵阻。因为昨天的文化自觉，回族作家开始了对自我的审视与书写；因为今天这些作品的呈现，使我们对未来的回族文学充满更多的文化自信与美学期待。

我们由衷地希望这套“回族当代文学典藏丛书”所传递的民族精神延伸至全国与世界。因为回族文学的意义与价值，不仅在于对本民族的精神表达与民族性建构，还为构建文化强国贡献着独有的精神智慧；即便在全球化语境中，回族文学对维系民族文化的多样性、丰富性，并拓展华夏文明与世界文化对话，仍有不可替代之效用。我想，这正是“智慧天下”之意涵所在。

目　录 CONTENTS

绝版的江淮遗风

一

在青藏高原与黄土高原的交接之处，是古老的洮州（临潭）。在洮州那不为人知的山山湾湾里隐藏坐落着十几个纯回族庄子，生活着两万四千多勤劳的江淮回族后裔，在那里点点斑斑地遗留着明朝初期带至洮州的江淮遗风。而其中敏家咀就是江淮遗风最浓厚最典型的一个庄子。在敏家咀庄子里敏姓人口占绝大多数，其余为马姓和丁姓。据口碑传说，明初，有敏姓兄弟三人跟随征西将军沐英戍边屯垦，其老大敏大镛留居旧城，老二留居长川乡敏家咀，老三留居三岔乡敏家村。据史料载，随沐英西征的回族将领中确有洮州卫指挥使敏大镛其人，由此推断敏姓回族确由江淮一带迁移而来。现在，只要是略略懂事的孩子，当你问其祖上时，他一定会说：我们祖上是南京纻丝巷人。而且也会说是他爷爷的爷爷告诉他爷爷，他爷爷又告诉他的。著名历史学家顾颉刚在《西北考察日记》中所书洮州女人“其履尖上翘，所谓凤头鞋也，头上云髻峨峨，盖皆沿明代迁来时装束。经行人丛中，如入博物院，亦此生一快事”。因此，让我们踏着顾颉刚的历史足迹一路走来，于是，在天朗气爽、碧翠四野、山泉叮咚、莺歌燕舞的季节里，迎着温润的风尘，沿着唐蕃古道，走进景色宜人的洮州，走进敏家咀的江淮人家，走进江淮人家的故事，体验历史风烟的悲壮，目睹江淮后裔女人的风韵，倾听江淮吴语的韵味，遐思秦淮歌声的清悠，探究接续记忆的渊源……

二

走进敏家咀庄子里，倾听人们打闹、说笑、谈论，那点点斑斑的江淮吴语就不时地溜入耳际，恰如《红楼梦》里的人物对话。当年，我上初中的时候，看了几遍《红楼梦》，就不知天高地厚地在学校放寒暑假的时候，念给庄子里的同学们和两个弟弟听。有时候，奶奶、父亲和母亲也坐在院子里或是炕上跟两个弟弟一道听我一段一段往下念《红楼梦》。起初，谁也没有在意我念的话句，后来，奶奶就幽幽地说，书上写的和我们说的一样，土里土气的，怪亲切的。父亲是读过几年书的，一般的书他是能够读下去的，当奶奶那样一说的时候，父亲就从我手里接过书，自己读了起来，然后就喃喃地说，自从民国动乱年间烧了《敏家家谱》之后，敏家的来源就没有人能够说清楚了，这不是找到根据了吗？《红楼梦》就是根据。我们就是金陵（南京）人，你看《红楼梦》上说的话跟我们说的话一模一样。于是他为了验证祖上是南京人，把个《红楼梦》读了好几遍，当然他是从语言上来证明。临潭的方言自始至终保留着金陵一带的说腔，同时也保留了一些古语，这些方言和古语都可以从《红楼梦》里找到。后来，父亲就把这一发现说给了每一个能读书的人。当有人不相信的时候，他就跑回家里抱出《红楼梦》，逐章逐节地念给那些个人听，直到让那些个人口服心服，他才肯罢休。于是，在他的倡导下，在庄子里的识字人当中形成了一段时间的读书热，有好多人还真把《红楼梦》看了个透彻。十五年前，我的一个姑舅哥哥刘诚上南京林业大学，父亲就叮嘱姑舅哥哥，要他在学习的空闲到南京周边的乡下去走走，听听那里的乡下人是怎么说话的。后来，姑舅哥哥也就照父亲说的在南京周边的乡下走了走，看了看，而且还用洮州方言试着和那里的人交流谈话，结果，他说的话，那里的人全能听得懂。也和那里乡下的一些人认了乡亲，至今书信不绝。他回来后，学着说那里乡下人的话，父亲听了很高兴。有一次，父亲对我们兄弟三人说，我们原是江南人，我们的血脉高贵着呢，我们骨子里有江淮文化的基因呢。我们兄弟三人听得满头雾水，觉得父亲像一个哲人。时至今日，看着庄子里的好庄风和人们对文化的重视劲，再回过头来思谋父亲说过的话，我们才明白是父亲拿庄子里的好风气跟其他庄子的歪风邪气比较而言。今天，当翻开父亲曾经看过的《红楼梦》，见其上用蓝色钢笔整段整段地圈点着我们日常所说的话句。再阅读这些被圈点的话句时，读得亲切，读得热泪盈眶，很多时候觉得是和祖辈在默默地交流，于是情不自禁地哼出了洮州大地上传唱了600多年并在儿时放牛放羊时唱了无数次的民歌：“你从哪里来？我从南京来，你带的什么花儿来？我带的茉莉花儿来。”洮州没有茉莉花，何谓茉莉花，很少有人说清楚，但人们还是要唱下去，传下去。

夏天到了，在庄子里，时常有放羊或是放牛的儿童挥着牧鞭在山坡上扯开嗓子唱那首民歌，唱得如痴如醉。此民歌确实生动而又形象地描绘了当地回族群众思忆故地和接续记忆的一种强烈愿望。当陌生人听到这稚嫩的民歌声时，他不会想到这就是当地群众思忆故地和接续记忆的一种方式，而当几位手搭在眼前遮阳闲谝的本地老者听到这样的歌声时，竟不禁有些眼角发涩，潸然泪下，不觉思忆起自己的先辈是怎样地历经千辛万苦，一路踏着血泪而来。

三

公元1379年（明洪武十二年），回族将领沐英率军西征，从南京、安徽、江苏等地带来了大批回族军士家眷，在洮州大地落户屯垦，繁衍生息。此时沐英西征中的部分回族军士家眷正式定居洮州，成为了洮州回族的最早先民。南方回族移民的迁入，带来了江南先进的耕作技术和开化文化。尤其是农耕文化的大力推广和兴起，推动了临潭回族民间文学艺术的萌芽。首先是推动了口头文学的兴起。口头文学主要是以讲故事、唱民歌、唱“花儿”的形式，一代又一代地传承故地先辈的记忆。我们小的时候，奶奶就给我们讲过一个民间传说《媚狐子的故事》，故事当中有一个回族瞎眼老阿婆，她的显著特点是身着白衣、头戴白盖头、足穿凤头鞋。奶奶讲那个故事的时候跟说《聊斋》差不多，只是故事中的景致不是洮州大地上的景致，而是江南一带青山绿水的景致。有山有树，有花有水，山是矮山，树是水柳，花是茉莉花，水是清悠悠的河水。故事中的狐不是洮州的野狐，而是《红楼梦》中讲的媚狐子。奶奶的故事很多，那个时候和奶奶同龄的几个老奶奶也时常给我们讲一些故事，故事中少不了江南的风物景致，就是一些当地的故事，也掺入了江南的水分。讲故事推动了洮州大地口头文学的兴起，也推动了当地文明的进程，更为今天的洮州大地留下了丰富的文化遗产和颇具大明风韵的江淮遗风。于是也就产生了牧童时常唱的那首民歌，于是也就有了一座座具有江南水乡风味的回族村庄。

四

炊烟缭绕的庄子中央矗立着一座高出民房的建筑，尖顶如塔，塔顶上一轮新月熠熠闪亮，时刻在照看着前来虔心拜主的人们。这是回族人一天五番叩拜真主的地方——清真寺。就在清真寺旁边有一座老宅子，是典型的深宅大院，不知修于何年何月，门楼早已倒塌，但迎门而立的照壁却斑斑驳驳地绘着一些江南水乡的东西在上面，一泓池水清澈见底，几朵荷花冰清玉洁，几只鸭子划着水波游来游去，悠闲自在。只是这座老宅子早已掩藏在了现代建筑的夹缝里，苟延残喘。偶尔，从村巷里传出几声颇具江淮风韵的吴语，一个稚嫩的声音喊道：

“阿婆，您在哪儿？家下们都到齐了，姨娘要您最拿手的吃食呢！”阿婆在不远处应声答道：“先把家下们让在堂屋里，像往常一样陪侍着照应看承妥当，我给娃娃们寻几个盘缠就来。”听着这样的话语，你仿佛来到了清波荡漾的江南水乡，遐思清悠的秦淮歌声和江淮吴语的韵味，久久回不过神来。那些颇具江淮风韵，擦肩而过的姑娘们，夹杂着江淮吴语的嬉笑不时地在耳际飘荡，让你仿佛信步在江淮的某个小镇，驻足不前，流连忘返。看着姑娘们远去，你才会从江南的那小桥流水、秦淮歌声里醒悟过来，确信是走在村庄的某个角落里。点点斑斑的江淮吴语在洮州大地一说就是600多年，从她们的身上你真真切切地听到了江淮遗风在洮州大地上的延续和再现。

但是，在村庄深处充满了江淮人背井离乡的愁绪。在村庄的任何一处，拦住一位儒雅的长髯老者，与他谈其祖上时，他会毫不犹豫地告诉你：“我的祖上是江淮人氏，是南京纻丝巷的。”但在他的话音里也能听出淡淡的一丝愁绪。然后默不作声，仰头去望天空，天空中艳艳的太阳，再深深地叹息上那么一两声。这是600多年来辈辈思忆故地接续记忆的一种方式而已，听多了，也会让你蒙上一层淡淡的背井离乡的愁绪。在洮州大地的深处思忆起江南，有点惨不忍睹，江南有的是水，而洮州缺的恰恰是水。于是在思忆当中不由自主地想起白居易那阕著名的《忆江南》的词来。

五

清真寺里几位老者洗毕小净站在寺院墙边，默默地看着穿村而过的河水清悠悠地流淌，舒畅地拂着长髯，忘记了他们彼此交谈过的一些话来，此时的他们也许是沉浸在了思忆故地和接续记忆的思谋中，也许是倾听到了江南那小桥流水的韵致，抑或是什么都没想，只是有了一种江淮人的那种闲适吧。

一群老阿婆围坐在路边的一棵垂柳下，树顶一片白云悠悠地飘荡着。她们说着话儿，手头上拿着针线活，比划着给怀中的孙儿孙女做风头鞋，鞋面的花样是水仙和梅花。这时候，她们笑着说出来的话更多了江淮吴语的韵致。

几个孩子头戴草帽，赶了一群鸭子往小河里追，鸭子则扑棱棱地飞下了水，孩子们高兴得手舞足蹈。鸭子喜水，孩子们也喜水，更喜凫水。其实他们从骨子里就喜欢水，他们本应是和水相依相伴的，但他们缺少了水。一点水就可以把他们拉到接续记忆的河脉里。

六

洮州是江淮血脉的延续之地。

江淮是洮州接续记忆的故地。

洮州的回族庄子凝聚了江淮回族人的精神，也固守着江淮回族人原有的纯朴和风采。我小的时候，有人从外面回来，骑马骑车走到庄子外头那一定是要及早下马下车的，不然庄子里人会拿你笑话上几辈子，说你没有礼貌，这大概是江淮一带崇尚礼仪的一种体现吧。但当你读书读出成就回家省亲的时候，那些年龄大一点的老人就会给读书人起立问好，这大概又是江淮一带尊重知识、尊重读书人的一种具体体现吧。

当你走进民族韵味浓郁的回族村庄，走进江淮人家的故事，体验历史风烟的悲壮，目睹姑娘们的江淮风韵，倾听江淮吴语的韵味，遐思秦淮歌声的清悠时，你就深深地陷入了一个个动人的故事里面，思索和假设不已。

而今，当年洮州繁华的江淮景象已掩藏在了历史的岁月里，只有那思忆故地和留存记忆的江淮遗风散落在洮州忙忙碌碌的各个村庄的角落里，抹不去岁月的浮尘，截不断记忆的长河。

我的父亲

镰刀上的秋天

当所有闲搁的镰刀都露出舒展的笑容的时候，秋天就到了。

秋天一到，父亲就按捺不住那收获的喜悦心情，像往年一样，从镰夹上取下镰刀琢磨着看上半天，然后在院内找到那条废弃的三条腿的板凳，跨在上面。七八把镰刀齐整地摆放在他的脚边，他一把把耐心而又细致地磨起来，磨掉那隔年锈垢。

几滴清水撩上去，在唰唰地磨镰声中父亲听到了秋声，是那么活泛、鲜亮，在耳畔硕大丰腴地游过。天地一片金黄。父亲舒展开了紧拧的眉头，露出了无限向往和满意的笑容。

可是，当父亲面对一大群儿孙时，额头上纵横交错的“沟蹙”从来就没有舒展过。父亲操劳了大半辈子，在我的记忆当中，似乎就没有年轻过。他的一句口头禅就是：“唉，老了！”这句话他喊了二三十年，我知道，艰辛的生活使父亲的身心过早地衰老了。同样，他疲惫的心境也是那么苍老。岁月带着他的青春越走越远，犹如我的青春正被岁月带走一样。在父亲开始说那句口头禅的时候，人生的秋天已来临。那时，父亲就该像歇手的镰刀一样歇下来，停下手中的活计，歇下身心，背剪着手，踏着碎步，到想去的地方转转，走走亲戚，领着孙儿孙女到田野里散散步……像那秋霜尽染的黄叶恬静地享受最后一丝阳光的温暖。然而，父亲是一个庄稼汉——本本分分的庄稼汉，他永远放不下手中的活计，正如我放不下急于要用文字来表达我的情感和爱憎。

父亲是与土地分不开的，只有在土地上耕耘，不歇息地耕耘，这才是父亲的本分。然而，他用白汗淌黑汗生产出来的粮食喂养大的儿子们却一个接一个地离开了这片土地，丢下了扛在肩上的锨、锄和握在手中的镰刀，这就叫父亲有些惆怅和失落。丢下手中的家什，就意味着丢掉了做庄稼汉的本分。

父亲最不愿意的就是离开他务操了几十年的土地，丢下手中的家什，在儿子们看来，父亲是个最不会享受的人。可是，在父亲看来，丢掉手中的家什让他整天待在钢筋水泥的笼子里享受，那无疑是等于在麦黄时节扔掉了手中的镰刀，等于是抽去了一棵大树赖以生存的水源。土地是父亲生命的一部分。

磨完镰刀，父亲拣出母亲使惯的那把，让母亲到地里割回一捆青稞穗子，蒸一锅青稞吃。母亲蹒跚着去了，割回了一背秋色。父亲的脸上露出了秋黄的笑容，像秋阳。

前几日去了一趟乡下家里。坐在班车里看沿途的麦田泛出了金黄。我想，怕是快要下镰了。推门进院，见父亲一身轻松地躺在院中间杏树底下的长椅上鼾声如雷，麦黄色的杏子再也掩饰不住羞涩，时不时地掉在地上。厢房屋檐下，镰刀仍锈迹斑驳地挂在镰夹上未曾动过。父亲是忘了镰刀还是未看见秋黄未听见秋音呢？我坐在沉睡于秋熟里的父亲的身旁，数着他额际上一道道被岁月磨砺的印迹，猜测着他此时的心境。

我不知道务操了一辈子庄稼的农民父亲何时竟有了这样的闲情，在秋熟的午后睡得如此深沉。从杏树的缝隙中透过的几束阳光在父亲的脸上耕耘着，种下了恬静，升腾着平和的气息。

二牛抬杠

河沟里开始飘起柳絮的时候，正是清明前后。庄稼汉们一个冬天焐黄了的尻蛋子再也挨不上火烫的土炕，手脚忙乱地操持起农具，开始了他们该干的事。于是，二牛抬杠翻出了一片又一片黝黑的沃土，扑鼻的清馨铺天盖地地簇拥着庄稼汉们，浸润着脾脏，活泛着庄稼汉们的心境。

父亲是庄稼汉里的急性子，也是庄稼活里的行家里手，在别人还没有活动手脚的时候，他已操练起各种农具：敲敲榔头，擦擦铁锨，揳紧各样农具沉寂了一个冬天的松动，也擦去了隔年的污垢。一年之计在于春，他要在新的一年里搞出些新的名堂来。父亲一辈子是个不服输的人，包括侍弄土地他也未服过输，他一生信服的道理是能有付出必有回报。作为农民，他也知道这么条最简单的道理——二月里人糊弄地，八月里地糊弄人。这是不争的事实。他特别注重春天里人对土地的精心侍弄和八月里土地对人的厚报。因此，经他手侍弄过的土地从来没有亏待过他，也没有让他失望过。他是急性子人，心比土地要活泛的早。活动手脚的时候，不管是男女老少他都要求勤勤快快，把庄稼务操好。人闲地不能闲，这是庄稼汉的本分。对于务操了一辈子庄稼的父亲来说，人不能闲，地更不能闲，这是他的本分。

地里的活本应由三弟和他媳妇干就可以了，但父亲对三弟有许多不放心，常说现在的年轻人爱装人，也爱糊弄人。糊弄人也罢了，但万不可糊弄土地，土地是庄稼汉的命根子。三弟是读过三年初中的，未能考上高中，因此回家务农，但对于一辈子蹴在农村很不甘心，出了几次远门去打工，做生意，就是没有上路，终于窝了半肚子火，看什么都不顺眼，做什么都不顺手，做庄稼活更是大脚大手，不是十分地用心，很让父亲恼火。

但更让父亲恼火的是三弟做生意亏了本钱，带着一身不愉快和羞耻回了家。一个大男人，闲在家里是要闲出一些故事来的。三弟不愉快就要撒气，媳妇和牛羊等牲畜自然而然就成了他的撒气筒。父亲不止一次地训他是笨熊，没本事。越是这样，他就更与人与物对着干，一次，他犁地种大豆，父亲让他犁浅一点，他的脖颈又犟上了，把犁铧插进生土里让牛死拽，结果铧尖钩在了生土层下的一块大石板上拽断了杠头。那杠头是父亲进林找寻了三天才找到的红桦杠头。断了杠头，犹如撕裂了父亲的心，父亲整整惋惜了一年，也叹息了一年，到后来谁也弄不清楚他是叹息杠头还是叹息三弟的二杆子劲道。

总之，三弟是伤了父亲的心。

脚踏犁沟踩着润土翻熟了生土的父亲也许从断掉的杠头中悟出了些什么。

父亲从房檐下取出新片的二牛抬杠，用胡麻草把杠头轻柔地像老人抚爱孙儿一样亲切无比地打磨了无数遍，经他手打磨的杠头圆润、光滑、明亮，他声言今年要亲自驾驭二牛抬杠犁地，怕三弟再次弄坏他千辛万苦找买来的新杠头。

父亲显得越来越老。儿女们谁再忍心让年迈的父亲扶住杠把犁地呢，若是那样，邻里的老老小小男男女女会用唾沫淹没我们的。但父亲仍然雄心不老，让他歇下来，可他却闲不住，又扛着榔头在地里打起了胡基，扯起了冰草。他生来就是这片土地的主人，他没有权利给自己休息时间，更无权利停止劳作。

父亲是闲不住的。

我在父亲弓身打胡基的瞬间看到了我的影子，真真切切的，不是虚幻，而是实实在在的一个农民的影子。

锈掉的铧片

那是块碎铧片。

那年，父亲驾着二牛抬杠开荒，被毛桃树根套住杠折断了铧尖。父亲痛惜地卸下破铧片丢弃在院子里一个不起眼的角落里。据父亲后来讲，那块铧片曾用了整整十年，且开出了四十多亩荒地，要不是折断了铧尖，说不定还要开出多少亩荒地呢。铧片折断了，那一年荒未开成，毛桃树也就自然而然地被留了下来，而后也就长成了一棵不大不小的树，春天开着粉红的桃花，秋天结着又苦又涩的毛茸茸的野桃子，在野地里自生自落。

破铧片在墙角里独自孤寂地任凭风蚀雨淋了好些年。有一年，来了收废铜烂铁的，我悄悄拿了生着斑驳锈垢的破铧片去换钱吃嘴，恰让父亲看见了，我就挨了父亲一顿莫名其妙的训斥。破铧片旋又躺回到了污土堆积的墙角里，晒着太阳，沐着雨雪，继续生着或绿或黄的锈垢，无人问津。

它又被遗忘了。

它躺在那墙角里无人理睬，也无人愿意理睬。唯有父亲坐在院子里纳凉、歇息或喝茶时神情凝重地瞧上那么一两眼，再屏息思考上那么一会，似乎要从它那斑驳锈迹中瞧出些什么，悟出些什么。但父亲是话少之人，从来很少言及自己和自己的想法。有时，他会看着破铧片情不自禁地发些火，让人辨不明东西，摸不着头脑。当然，我们当儿子的绝不会因他发火生气，而是缄默着一言不发听他发火倒牢骚，觉得这样也许会释解他莫名其妙发火的坏心情。但他往往把我们当成了听不进话的泥塑石雕。有一回，他终于忍不住这种认为是无言的抵抗的无奈，又发开了牢骚："我像扔在墙角的那块破铧片，整天日晒雨淋无人管。一泡牛粪也有气呢，何况我是个大活人呢，把我蒙死就成了，你们的心也就干了……"他说了一大堆莫名其妙的话，显然，父亲是窝了一肚子的火气。还有一回，他从地里回来，坐在院子里歇着，茶水未开，他等得焦急又动了肝火："我快60岁的人了，还像一头老牛一样弹挣着。秋后的蚂蚱再能蹦跶几天呢？一点锋刃都磨光了，还要给儿孙操劳，等哪天像那块破铧片一样扔在墙角里晒着日头生了锈，你们才会让我歇着有闲日子过？”我们大家面面相觑。看来父亲真是老了，该歇着跟着时光晒日头了。可他歇过之后就又忘了疲劳，忘了年龄，又在地里来回奔忙，也就忘了那块破铧片。但他却不会忘记那棵毛桃树，那棵毛桃树让他伤心了好多年，没有毛桃树就不会有破铧片。毛桃树留住了他惨痛的记忆，破铧片留给了他残缺的梦。

有几次，我们兄弟几人商量着欲砍掉那棵毛桃树。砍掉毛桃树也许会刷掉父亲内心深处蕴藏的惨痛记忆。然后再扔掉那块破铧片。可他却发现了我们的意图，郑重其事地对我们说出了他的不同意。

毛桃树未砍倒，破铧片未扔掉。父亲对做庄稼活喊得多做得少了。很多时候，他坐在院子里眯着眼，身旁放着一把洗小净的汤瓶，跟着日头度时光。那块破铧片继续在墙角里晒着日头，沐着雨雪，生着锈垢；毛桃树继续在野地里歪歪斜斜地生长着。父亲什么时候让我们扔掉破铧片砍倒毛桃树呢？他没有说。

墙上掉下的尘灰快要湮灭了破铧片，父亲似乎没有看见，不知是忘记了还是眼花了。

父亲整日整日地坐在院子里晒日头。今年开春，破铧片终于被尘埃湮没掉了，父亲没有发现：毛桃树开花了没有，父亲也没有问。

枯手柔情

周六，妻子去加班，我躺在阳台的沙发上看书，女儿做家庭作业。已是秋尽冬初，遒劲的东风肆意地吹着，天气冷冷的，室内很凉，但阳台上透进的阳光暖暖地抚着女儿的短发。我沉浸在梭罗那宁静、清澈、恬淡和纯洁透明的《瓦尔登湖》中，倍感心灵的纯净，精神的升华。一阵急促的敲门声惊醒了我遥远的繁花似锦的梦。女儿放下作业，起身打开了房门，顿时兴奋地忘乎所以地喊了起来："阿爷来了，阿爷来了！"父亲肩上背着一个绿色帆布包，手里提着一个黑色塑料袋子。看来背上的东西都是从家里带来的，手里提着的那一定是水果了。他每次来都是这样，给女儿背着自家炒熟的大豆、杂面的贴锅巴馍馍、新鲜牛奶，手里提着几斤在街道上买来的水果，要不这样，他会觉得是空手而来，对不住孙女的。

父亲坐在沙发上，看着女儿翻出背包里的东西，一样一样地拿出来很香地吃着，他看着女儿的吃样，一脸的喜气，嘿嘿地笑着，像自己吃着似的那样香甜。他用那粗大的手掌抚着女儿的脑袋。我坐在跟前，看着父亲的手，比以前又粗糙了许多。在我儿时的记忆里，父亲的手指细长细长的，有点白嫩，鼓捣任何东西都是心灵手巧。后来，由于拉扯三个活蹦乱跳的儿子和顾盼一家艰辛的生活，他的手指逐渐变得粗糙起来。小时候，父亲总是拉着我们坐在他的腿上，揪着我们的耳朵，或是用他的手掌一遍又一遍地抚着我们的光头。那时候，我们不知道父亲的抚摸是一种发自内心的心疼和爱抚。后来，我们长大了，都不到他的腿上去坐了，他只有等我们睡着了的时候，才悄悄地摸到我们的跟前，拉开灯，看着我们的睡相，摸一摸我们的头，再帮我们拉一拉被子，然后才心满意足地离去。其实这时候我们都没有睡着，而是闭着眼装睡。父亲一走，我们就像小老鼠一样又叽喳开了。

现在有了孙女，他对儿孙的那种朴素的爱又一次流露出来了，整日和孙女说着话儿，说他艰辛的过去，也说我们幸福的那会。他现在像一个老顽童一样没有了生活的痛苦和愁肠，让我从女儿身上看到了他的当年，也看到了我的童年。那个时候他抚着我们的时候，手是那样的光软和有力，但现在他的手却青筋暴突，柔滑的手指变得像枯树的枝丫，没有了生机和汁液。有时候，想让父亲用他那枯干的手指再抚一抚我掉光了头发的脑壳，可我却开不了那个口，二十多年没有让父亲挨近我的头了。想让父亲在我的头上抚来抚去的那种渴盼只能是一种铭心的记忆和美好的回忆罢了。

太阳暖暖地透进客厅里，抚在父亲宽厚的背上。父亲靠在沙发上鼾声如雷。女儿的头耷拉在父亲的胳膊上，沉睡在美丽的梦乡里。

看着一老一小竟然睡得如此甜蜜，一股暖流即刻从内心深处油然而生，甜甜地在心田里流淌起来……

沉睡在挂满秋果的树荫里

秋天一到，乡下家里的各样果树上挂满了秋果，黄澄澄的，掩在树荫里叶片下，静悄悄地迎合着秋风的吹拂，吮吸着雨雾的甘露，享受着阳光的滋润，接受着目光的爱抚。

天气晴朗的时候，父亲就游转在果树下，望望秋梨，看看李子，摸摸杏果，闻闻樱桃，陶醉在绿意盎然和果香洋溢的秋色里。这时候，往往是父亲心情最好的时候，侄儿润东、润昊和女儿润寰跟在父亲的身后，喊着父亲的大名，但父亲没有像往常那样瞪起一双大眼责怪孙儿孙女，而是笑嘻嘻地答应着，不恼不烦不骂不训。这时候也是三个小家伙玩得最得意忘形的时候。手也弄破了，衣服也弄脏了，你追我赶地绕着父亲乱转，父亲依然笑哈哈的，用手捋着一把山羊胡，完完全全沉浸在了丰收的喜悦里了。

每年秋果熟了的时候，父亲也不多吃，他等待的是一个成长和成熟的过程，只有成长才有希望。犹如他盼儿子们一个个长大成人一样。儿子们长大成人了，他也就放心了。果子成熟了，他也就心满意足了。他的内心一直保留着一种期待和希冀，这也许是他乐观向上并有一个健康心理的原因。

这样的秋天，父亲是要好好睡上一觉的。晌午时分，父亲做完了他的功课——礼了晌礼，然后泡一壶酽茶美美地喝上一气，再搬张软椅子放在树荫下，把身子重重地陷在里面沉沉地睡去，直到晡礼时分到来。父亲沉睡的时候，谁也不敢大声说话和吵闹。三个小家伙玩耍的时候，彼此打着手势，做着鬼脸，怕吵醒爷爷，父亲虽然不打不骂三个孙儿孙女，但三个小家伙从心底里害怕父亲的威严。暖和的阳光透过果树的枝叶摇摇晃晃地照在父亲的脸上，在父亲脸上的沟壑里漾来荡去的，熨烫着满脸密布的皱纹；柔和的微风轻拂着父亲操劳的花白发丝，抚慰着憔悴的苍老身心。父亲舒畅受活地睡着，鼾声如雷，震得果树上的果子胆战心惊的不敢有任何动静，怕掉下来砸伤父亲的身体，惊醒父亲的美梦，破坏父亲的心境。有只鸟儿飞来，落在杏树上偷啄杏果，润寰拿起土块向树上砸去，把润东吓得脸色差点都变了。结果那土块没有砸到鸟儿的身上，也没有惊飞鸟儿，却直直地坠落下来，落在了父亲的身上，父亲睁开眼看了一眼惊呆的润寰，没有说啥，又把头一歪沉沉地睡去了。闻着果香躺在树荫下睡觉的确是一件很惬意的事。甜甜地躺在果树下思考一个问题，思忆一段往事，抑或是静养一会心境，调整纷乱的心绪。这似乎是成了父亲的专利。

直到有一天，一颗杏果啪地掉了下来，坠在地上摔成了几瓣，深秋到来了。父亲起身看看掉在地上的杏果，不置可否地又躺了下去。他还没有在深沉浓厚的秋意里彻底清醒过来，依然沉浸在浓浓的秋梦里。

父亲也许是醒了，也许是心还醉着。

秋阳、秋风、秋影，做着他的梦境。秋景、秋果，秋梦，醉着他的心境。

梦在秋天，父亲在梦里。

二　爷

二爷年轻时憨直，懵头懵脑，因而得了个外号叫“懵头”。上了年纪，成了长辈，父辈们就叫他懵巴，儿孙辈们则叫他懵爷。我们兄弟几人私下里叫他懵二爷，可父亲不允许我们那样叫他，二爷就是二爷，那样叫是不尊敬的。其实，在平常我们是不会也不敢那样叫的，若那样会挨父亲的耳光的。有一回，二爷来串门子，脚刚踏进院门，我情急之下失口叫了声懵二爷，就规规程程地挨了父亲的几记耳光。便即刻有了记性，改了口，以后再未当面叫过一声。有时，冷不丁要冒出口，但一张口，就忽地想起了父亲那几记响亮而又铭记在心的耳光，顿然感到脸上热辣辣地烧了起来。

二爷生性耿直，认理固执。要是某人在他心目中的形象下跌了，那就永远也升不起来，而且还会产生一连串的固执得似乎不明事理的想法。但他那耿直的秉性，使人忽略了他的不近人情。他做事帮忙不像那脚踩西瓜皮手抓两把泥——能溜就溜能抹就抹的人，而是费心劳力，从不知道疲倦和乏困，在村里赢得了一定的声望。

二爷不怕任何人，但人人却怕二爷，父亲尤甚。在我的童年的记忆里，父亲是非常怕挨二爷训的，二爷说一，父亲是绝对不敢说二的。否则，老爷子要起威风来他肯定吃不消。二爷没上过学，没文化，然而也瞧不起读书人。我初次背起书包进校门时，二爷就来给父亲耍了一回老爷子的威风。那天傍晚，一家人正吃晚饭，二爷穿着一件宽大的对襟黑短衫，背剪着手，踏着碎步急匆匆地进了院门。父亲吃了一惊，触电似的从炕上蹦了下去，嘴里不停地像是自语又像是招呼似的说着："二爷来了，二爷来了……"一家人忙乱地下了炕，那紧张气氛如临大敌。二爷的神情与往日大不一样，黧黑的脸膛似阴云密布的苍穹。我们本来就惧怕他威严的神色，此时，更让人心理上增添了几分惧怕。他长眉遮盖下的双目如同两把利刃扫视着父亲的脸，那花白的长须颤抖着，不说一句话，屋内的空气顷刻间窒息了似的无一点声响，我们兄弟几个忙着寻找藏身的地方。母亲手忙脚乱地倒水沏茶，招呼二爷，他就是不应。全家大小一时不知所措。

"大孙子上学了？"二爷劈头问了一句。他老人家总算开口了。

"是该上学了，前天报的名。娃娃大了，无人看管，放在家里尽淘气，闯祸，送到学校里让老师管教着能学乖一点。"父亲非常谨慎地一边回答一边解释着。

“那学名呢？”二爷仍黑着脸问。

“就叫启明吧？”父亲用商量的口气回答二爷。

“不行！”二爷的口气不容商量，“改了，叫奇才好听，你不是说解放军里有个姓胡的叫奇才吗？还说他是个将军呢。娃的学名就叫奇才，这么定了。”

“好，好……就叫奇才。”父亲像是非常满意地迎合了二爷的决定。

“好，好个屁！亏你还是念书人呢，连娃娃的名字都起不好。不过话说回来，我是不喜欢娃们念书的，道理有两个：一个是念了书就不会做庄稼活，溜成油嘴子了；另一个是念了书就怕念成了‘大木头’‘二杆子’，一旦成了‘大木头’‘二杆子’，可就亏了我们贤良人家的先人了。这你不是不知道，张家那老二念了个初中，念成了街溜子，庄稼行里，哪一样他会做？王家那根独苗，上了个师范，出来就念‘瞎’了眼睛，成了‘大木头’，认不得人了，骑辆破烂摩托车，带过的风能吹倒人呢。”二爷在地上踱着，说着。他不时地拿眼睛盯着父亲，似乎要把父亲的心思儿都要挖出来。

父亲耐心地听了二爷的一通教训。二爷走后，父亲便找茬儿骂人、打人，说我们躲二爷时爬进案板底下弄脏了衣服。我挨了父亲一记很响的耳光。我的耳朵在今天有时不大听得清楚，大概是那时挨父亲的耳光所致。

从那时起，我就更怕二爷了。要是猛然碰见二爷，我就会飞也似的跑着躲避开，也就自然而然地想起了父亲的耳光。在我的记忆深处，二爷代表着父亲的耳光。

小学毕业后，我到三十里外的县第二中学读书，当住宿生，很少回家，也就很少见二爷，心理上便逐渐放松了对二爷的惧怕。

有年暑假，我到村对面的山上去放牛，时至中午，在柔和山风纤手的轻拂下，我惬意地躺在草丛中，酣睡般陶醉在大自然宽厚的怀抱里。突然，我被人猛地叫了声“奇才”，惊得跳了起来。学名只有在同学之间叫，或是被老师叫，这远山荒野里是谁叫我呢？在我还没有转过向时，二爷笑呵呵地拍着我的肩头，看着我一脸的惊慌和懵懂，没有说什么，只是拉着我的手一同坐在了草丛里。

二爷与我谈话不多，只是问了一些学习和暑假的生活情况。但最让我不可思议的是他不时地挨近我，用鼻子使劲闻我身上。临走时他留下了一句让人莫名其妙的话：“还算没学坏。”

当时，我就觉得非常可笑，坏岂是能用鼻子闻出来的。

那个暑假就惬意地过去了。有一天晚自习，同学们聚在一起说暑假趣闻，我就说我二爷是位奇人，能闻出一个人的好坏来。同学们都说奇了，以后拜访拜访他老人家。日后，果真有那么七八个同学跑到二爷家，让二爷闻闻他们的好坏。二爷就挨个闻了，然后，对其中三名同学提出了警告，果真如我所说。因而，二爷又多了一个外号叫“懵仙”。

二爷的年龄越来越大，随着岁月的推移，二爷的头发、胡子全白了，腰也弯成了一张弓。二爷力不从心了。他的脾气也变小了。

世道说变一下子就变了，原先的街溜子张家老二倒卖麝香发了财，家里盖起了小洋楼。后来，又成立了什么土特产开发公司，人模狗样地当上了经理。听人说，村里的道路还是他跑到县里争取资金硬化了的。他成了村里的首富，谁也不再提起他曾是街溜子的事，大概是忘记了。王家那“大木头”，辞了教师一职，在县城开了一家装潢部，挣了钱，又开了一家电脑打印部，赚美了城里人的钱，让村里人着实眼红了好一阵。可二爷家是越来越穷，渐渐成了村里和乡上的救济户。

我考上大学那阵，村里人都来送行，唯有二爷没有来。

搭车走的那天，父亲用牛车拉着我的行李，一大帮亲戚好友拥着我像送亲一样向县城汽车站进发。翻过那座与村别离的山口时，二爷突然出现了。父亲停住了车，勾头木愣愣地站着，不知该说什么。二爷嘴角颤抖了好一阵，才指着父亲说：“你们嫌我穷了是吧？这么大的事也不跟我说一声，不叫给娃送几块盘缠，我心里也过意不去。”他说着从油腻的内衣口袋里掏出了一张很旧的五元钱，塞进了我的手里。当时，我盯着他，发现他那利刃似的目光变得无限柔和，慈爱无比。他老了，的确老了，脸上的威严已消失殆尽，布满了细密皱纹的脸似霜杀的洋芋一样，失去了光泽，土尘尘灰蒙蒙的。于是，我的眼前涌现出了无数个满脸细密皱纹的在家乡这片土地上辛劳了一辈子的二爷似的人物来。

那张旧的五元钱我始终未敢也不忍心花掉，其实，一拿上手我就心颤得慌。后来，我把它贴在了我发表的散文处女作《悟》的篇首，把它作为二爷的“眼睛”，时时逼视我的学习和生活，透视我的心灵。

上了大学，与二爷见面的机会就更少了。毕业后，我留在了县城，平时很少回家，与二爷见面的机会完全被快节奏的工作和生活空间占了去，一连几年未见着二爷。

去年冬上，父亲打来了电话，说二爷病危，让我速归，并再三叮咛，不要找任何借口不回来，还说二爷有许多话要跟我说。我接完电话，心里充满了无限悲痛和愧疚。

我再也忍不住，泪水夺眶而出……

二爷，我来了，你的孙儿看你来了……

可是，当我踏进家门时，二爷已无常了，连最后一面也未能见上。

听父亲说，二爷在病中一直等我的到来，他要向我赔个不是。说我上大学前，他一直怀疑我跟“二杆子”们有染，当初还闻过我身上是不是有烟味呢。父亲说二爷希望我能原谅他的多疑。

我小住了几天，给二爷走了几次坟。几天里，我思忆着二爷的一生，记忆中无论如何也梳理不出二爷面容舒展的时候来，他好像永远就没有笑过。我知道，二爷不会笑，其实，他是笑不出来。

奶　奶

星期三下午，父亲打来电话说奶奶病危让我速归，并再三叮咛，不要耽搁时间，来晚了就见不上奶奶了。接完电话，我的心便咚咚地狂跳不已。前两天奶奶病情加重时我看了一回，看不出她老人家有任何无常的迹象，她还喘息着同我说了一会儿话，希望我带上女儿回来让她见上一面。只有两天时间，奶奶说不行就不行了，我有点不相信自己的耳朵。奶奶已经睡了四个月炕，我母亲、二妈和姑姑三人轮换着照看奶奶，这期间她的病情时好时坏，请了县城里有名的中西医大夫号了脉，开了药，打了吊针，但病情是不见好转，人还是一天天瘦弱了下去。其实，在她还未生病时，父亲就有预感，他梦见老屋的西墙倒了，碎成了一堆土，父亲知道梦的意境，吓得不行，他不知道灾难要降临到谁的头上。父亲做梦后没过几天，奶奶的肋部就感到了明显的不适，但她未告诉谁，硬撑着，直到十天后睡倒在了炕上。

奶奶有生以来第一次病倒睡在了炕上。

我抱着岁半的女儿俯在奶奶的身边。奶奶已瘦弱得不行，女儿用稚嫩的童音喊着太太，太太吃力地睁开眼看了一眼，点了点头，表示已知道女儿喊她，但她已没有气力回答重孙女的呼唤了。她粗重的气息里仍然记念着她坚守了一生的信仰，记念着真主，她没有牵挂任何人和任何事，她知道她无常的使命，她活了八十多岁，无常时要无常在伊玛尼（信仰）上。我姑父一遍又一遍地高诵着《古兰经》“雅辛章”隔避伊布利斯（魔鬼）对奶奶即将归真的若亥（灵魂）的侵扰。我望着奶奶瘦弱得只剩一把骨头的面容和飘逸在盖头外的几缕银发，禁不住泪如雨下，我强忍住不哭出声来，怕哭声惊动她即将归真的若亥。她也曾告诉过我们，她无常时不允许家里人号啕大哭，她说她的无常是真主的定然，真主的大限一到人力无法抗拒，号啕大哭有埋怨真主的嫌疑，有损于对真主的信仰。她唯一的要求是儿孙们在她无常后的日子里要替她常常为穷苦人多舍散些钱财。今日握笔想来，她想得多宽啊，她心中装着的永远是穷苦人，因为她出身于贫寒家庭，受了多半辈子的穷，对穷苦日子有切肤的体验，对穷苦人有永恒的同情。

我后悔自己平常给奶奶买的东西太少，该穿的她没有穿上，该吃的也没有吃上。人往往就是这样，在平常掐掐算算，这也舍不得那也拿不出。但是，你买了东西奶奶也不一定吃不一定穿。前年，我给她买了一件纯棉内裤，她说是柔软贴身，可等她无常了整理衣物时，二妈从衣箱底下翻出了那件内裤，这不能不叫我痛心。奶奶，我轻轻地喊着，可有谁知道我内心的痛苦呢。奶奶，你存着它有什么用呢？到今天却成了我的遗憾，终生的遗憾。奶奶，你最爱吃韭饼，现在已到了清明，园子里向阳的韭菜已有三寸高了，每年割头茬韭菜的时候，我总要买上几把子让母亲烙成韭饼，让你吃个香，但现在我买上韭菜烙成韭饼让谁吃呢？

遗憾，遗憾，一切都成了遗憾。

在姑父优美的《古兰经》诵读声中，我渐渐有了几分睡意，我硬撑着睁开眼睛，看着呼吸时急时缓的奶奶，我不相信她的无常会马上来临。姑父摆手让我去睡，但我还是坚持着等待姑父念完了《古兰经》“雅辛章”，接了嘟哇（祈祷辞），便起身来到厢房里斜靠在被子上沉沉地睡去。也不知睡了多长时间，母亲急慌慌地叫醒了我，说奶奶的无常到了。当我心跳着跑到奶奶跟前时，奶奶的脸色变得黄中带白，面露笑容，父亲正跪在炕上合她的眼睛。奶奶已经无常了。听父亲说奶奶的无常既轻松容易又明白清亮。一家大小沉浸在一片无限悲痛之中，但都不约而同地遵守着奶奶无常前的嘱咐，既没有号啕大哭也没有任何埋怨，只有任泪水倾泻如注。儿孙的疼肠是何等的揪心啊。

奶奶一生中多半时间是在贫困中度过的，所以她把一粒粮食看得比自己的眼球都重要，但是她对自己的亲戚却是百般照看，哪怕是自己吃了上顿没下顿也要让亲戚们吃上、拿上。就这一点，在她无常后，亲戚们都追忆念叨不已，我的一个远房姑姑在奶奶无常后哭得死去活来，怎么劝也劝不住。听父亲说，我的这个远房姑姑在1966年那年，家里断了顿，儿女饿得慌，就跑到娘家求助几顿，可娘家的父母及兄弟硬是没有接济她，更没有让她吃顿饱饭，还是奶奶见其可怜，将她领回家，做了顿青稞面疙瘩子饭让她吃饱了肚子。其实，那时候我父亲还没有真正吃过一天饱肚子。远房姑姑临走时，奶奶又从那仅有的一小木升青稞面中倒出一半让她背上拿走。她走后奶奶就领着我父亲和叔父们到田野里四处寻挖野菜，挖来的野菜一半吃掉一半晒干储存到冬天当做口粮。直到今天，父亲说起这件事时，仍为奶奶在困难时接济亲戚骨肉而激动不已。奶奶无常了，人们思忆不断的是她大手的舍散和挖野菜养家糊口的品质。乡间的人一般不会有树碑立传的事迹，更不会有惊天动地的业绩，只有在种好自家的一亩三分田的同时在乡邻间留下一些流传后世的口碑，这就足够了。由于过惯了穷日子吃多了野菜，奶奶也就认识许多野菜，在风和日丽的春天，奶奶常挎上一只柳条编的篮子或是背上一个背篼，领着我到田野里去挖野菜，什么马叶菜、苦苦菜、苦根菜、白刺尖……样样都挖上，回来后便分门别类，一样一样焯熟，用冷水漂洗淘净，然后放上盐拌上油，做成凉菜，召集全家人一齐动筷，狼吞虎咽抵得上一顿饭。到今天，我还认得很多野菜，在田野里碰上肥硕的野菜时，我的手就痒痒的，嘴里就津津生味，可挖来照着奶奶的做法做了，却吃不出一点滋味来。奶奶笑着说那是吃饱了肚子的缘故，饿了才知道饭香，这是她悟出来的一点浅显的道理。

奶奶，我日日里给你走坟，仅仅走了半个月。奶奶，人活着就摆脱不了务忙，我没有走够一个月坟，我只有举念着给要乜贴的穷苦人舍散些零零碎碎的钱，求真主将舍散的回赐归于你，我做到的也只有这点了，也只有这么多了。奶奶，那天晚上我清清晰晰地梦见你了，梦见你仍在病中，就这么一个梦，让我惊得不轻。我知道你的身体有了“病”，你渴望亲人儿孙的搭救，可儿孙的心意究竟有多少呢？我曾见过许多人家，在老人无常前和无常后是一个样子，照吃照喝无误，看不出有任何悲痛和思忆不绝的神色。奶奶，我对你的思念永远地留在我的记忆里，多少次你清瘦的面容出现在我的梦中，让我悲痛，让我心疼，更让我怀念。

奶奶，你走了，走得毫无牵挂，一身轻松。但是，唯有一件事你放不下心来，你担心的是你无常后并不宽展的家境为你念苏勒而雪上加霜，作为儿孙还能有什么呢，做到的也只有这么一点了，这是儿孙的一种纪念方式，也是一种回报的心意。

奶奶，父亲和母亲瘦了一圈，他们整日沉浸在对你的纪念中不能自拔，深感自己还没有尽到作为儿子和媳妇的责任。还有什么责任呢，养老送终，他们做到了。你在病中生活不能自理，可母亲从来没有嫌淡过你，只为你的病而焦躁、惆怅。她曾偷偷地抹过眼泪，为你的即将归真而悲痛。听母亲说，她给你当了三十多年的媳妇，没有和你争吵过一句，也没有和你红过一次脸。其实，这是不用说的，从我记事起，母亲对你就是百依百顺、言听计从，你也从来没有把母亲当作外人，而是当作自己的亲骨肉待承。你们从一开始就建立了一种比母与女还亲的关系，这种关系在乡间传了几十年，直到你无常的前晚夕，守护你的几个女人还在诉说你的宽容和母亲的孝敬。这种关系没有多少人能维持得了，只有你和母亲做到了，并且整整保持了一辈子。这种亲情关系维系了一个家庭的和睦，也维系了你在乡间的威望。奶奶，现在的你融入了大地，还有谁能有你的威望呢。

女儿常指着你睡过的地方喊太太，她是记住了曾在病中睡炕的你，但她一定是记不得你的面容了。奶奶，你以前不曾照相，你也不喜欢照相，因为你一生不曾走出过这个县城，近年来你就再也没有走出过这个村子。你不知道外面的世界，但你却是这个村子里的一块招牌。你偌大的岁数经历了人生血与火的洗礼，多少年的艰辛生活磨砺了你的心境。现在，你撒手人寰一身轻松地走了，留给我们的只有无尽的思念和难以自抑的疼肠。

是为纪念。

父亲·母亲·土地

父亲，你在我惺忪的睡眼中起身，吆喝着老牛，出了院门，循着月迹，披着天穹，把那寂寥的夜的清冷犁成了土星儿。冰凉的露水沁入了你的心田，但你硬是坚持着扯住了清风的羽翼，埋在犁铧翻起的沃土之下。父亲，你歇会儿吧！让老牛也喘会儿气。

母亲，你惊醒了我的酣梦，使我听到了门外的风寒，看到了洁雪中深一脚浅一脚的足迹。怎么，你伤残的双腿碰着了那拦风的门槛，你硬撑的身子已倾斜到了一边，你呻吟一声吧，这样也许会减轻你的痛楚和我的心悸与不安。你蹒跚迟缓的步履掩饰不住你的伤痛，我分明是看见了你痛苦的无奈和颤抖。

父亲，我抓起一把你新翻的红土，闻到了爷爷的汗腥味，你的汗腥味，还有老牛的一泡尿骚味。你常说，土是金，地是银，可我怎么也瞧不出土地的珍贵。你说，不用汗洗，怎知金贵。我哪里知道用汗水清洗土地呢？其实我啥也不明白。

母亲，你常让我认识劳动的家什。你指着镢头说，这是刨挖馍馍的家什，可我用它就是挖不出一块馍馍来，却也挖出了一些蚯蚓喂了鸡，下了蛋，给奶奶煮了吃，还挖出了一些婆婆脑（人生果），放在铁壶里炖了，我吃了，便忘了挖馍馍。母亲，我还不明白，你怎么又说那白生生的馍馍是血汗呢？我把那白生生的馍馍看了个遍，终不见有星点血丝。我又把白生生的馍馍吃了嚼，嚼了咽，终尝不到一丝咸味，哪来的血哪来的汗呢？

时光，耕犁，锄耙，累弯了父亲的腰，锄走了父亲的黑发；时光，锅台，镰刀，磨走了母亲的青春，割走了母亲的青丝。

父亲老了，母亲憔悴了，但他们耕耘了一辈子的土地却像新开垦的处女地，更肥沃了。

我在梦中，听到了父亲的鼾声，听到了母亲的叹息，也听到了土地的笑声。

梦醒后，我像只虫子在地里奔忙，想给父亲搭把手，但我又是那么渺小而无力，因为那二牛抬杠太沉重了，它犁了两千多年土地，犁铧上已渗进了无数土地上父辈们的汗液；也无力帮母亲的忙，那锄过无数回土地的锄耙似千斤般横亘于我的手中无力举起。我只有躲在父亲的身影里，藏在母亲的怀抱里。

父亲，歇息会儿吧，你脸上掉下的汗珠埋住了撒在地里的种子。母亲，你休憩吧，你脸上的汗珠已化成了土粒。

父亲，你像呵护麦苗一样爱怜我。

母亲，你似浇灌麦苗一样培育我。

父亲、母亲，别这样，让我在大地的怀抱里成长吧，我流淌的血液里有大地无尽的元素。

父亲，我在你脸上那纵横均匀的沟壑里看到了土地的回赠和喜悦。母亲，我在你那花白的发丝上读清了土地碾走青春岁月的印痕。

父亲，你在我惺忪的睡眼中起身。

母亲，你惊醒了我的酣梦。

土地，你铸就了我的灵魂。

那晚夜风吹过窗前

夜风吹进院子首先唤醒的是看家护院的老狗，其次唤醒的是我，其实，说唤醒也不确切，我是被老狗的狂吠吵醒的。犬吠时，我的眼睛闭着心却醒着，一盏煤油灯在炕沿上扑扑闪闪地跳跃着，忽明忽暗的。在昏黄的灯影里，母亲盘腿坐在炕上专注地绱一双千层底布鞋。她根本就未觉察风已经跃进了院子溜过了窗前，有一丝风还偷偷地挤进薄薄的窗纸和小小的窗洞在亮灯的屋子里游来荡去的，炕沿上的煤油灯的光焰忽悠着往炕沿上长长地斜扯了过去。母亲抬手在头发上润针的时候才感到了风的存在，她的额头冰得像水浇过了似的，她像是对我像是对自己又像是对谁都不是地说，窗纸又破了。

我再次醒来时，炕沿上的灯火还在斜扯着光焰亮着，母亲的身影模糊地映在洁白的窗纸上，像只大熊似的遮住了一半窗户。母亲仍那样盘腿坐着穿针引线绱着鞋子，只不过手中的鞋子又换了一双而已。母亲身旁的笸箩里一双装着湿麦子楦起的鞋整齐地摆放着，像是一双新出生的婴儿似的。我对那双鞋既熟悉又陌生，熟悉的是鞋帮上有着母亲沾湿的手汗，鞋底上有着母亲润针的汗油；陌生的是这样的鞋从来穿不到我们一家人的脚上，而是穿到了别人的脚上，穿到了那些根本就不做鞋的人的脚上。

月亮出来了，屋檐上搭垒的蒿草在窗前摇来晃去的。风不停地在窗前吹来吹去，让那斜扯的灯焰始终直不起腰来。母亲的身子也跟着灯焰斜斜地挺了过去。不知道这刮风的夜晚出门人是怎么熬过的，反正我看着那斜扯的灯焰心里就焦躁不安，我知道母亲虽然不动声色一针又一针平稳地绱鞋，但她的心境是颇不宁静的，灯焰扯得有多长，她心里的那种牵挂和思念就有多急切。窗纸啪啦啦地直颤，窗纸这一颤，母亲就用手捂住了自己的胸口，我知道是她的心又颤开了。我的心也开始颤抖了起来，我不知道这是为什么。

我没有了一丝睡意，看着忽明忽暗的窗纸，心里思谋着房檐上搭垒的蒿草的摇晃速度，一捆蒿草又该被风吹下来了。其实吹下来一捆也好，早上烧火时母亲就不用上房了，但万一吹下来几捆就麻烦了，还得母亲一捆又一捆地送到房上去。

夜深了，我听到风在窗前尖利地啸叫。在风的啸叫声中母亲终于抬起头朝窗纸上看了几眼，自言自语地说，风咋这么大呢？天气咋这么冷呢？但是她始终未停下手中的活计。她明白她不能停下手中的活计，手中的活一停瞌睡就会马上袭来，她是害怕瞌睡的。窗纸上亮晃晃的，风在微明的夜色里肆意地吹来吹去，像寻找一处居所又似一只被人追打的野狗跑来蹿去得让人心烦。什么东西撒在了窗纸上，像微小的沙粒扑打着窗纸又像几双小手在拍击窗纸。母亲说，下雪了。

风吹着雪粒胡蹿。

人心随着雪粒的扑击乱颤。

灯油像是海绵在吸，一点点地化作了油烟弥漫在屋子里，渗透在屋子里的各个角落，渗透到了我和母亲的肺腑里，同时渗透的还有那蹿进屋子里的冷风。

风停了。月亮麻乎乎的更暗了。雪却下得越来越大，像削落得萝卜片子，一层垒一层。

灯油干了。

晨礼的召唤声响彻了静谧的山野，唤醒了沉睡的村庄，也唤醒了母亲的内心，她虔诚地举念着下了炕，去洗小净，礼晨礼去了……

天亮了。

雪停了，风走了。

只有母亲那颗牵挂和思念的心没有回来。她的那颗心跟着风抑或跟着月亮飘荡在覆雪的原野上、山林里、城市空荡荡的工地上……

洮州的回族女人和男人

这几年对家乡尤其是对生我养我的村庄的风土人情、风物景致、村庄的成长记忆，曾兴致勃勃地在《乡野记事》里写了又写，写了不少，村里人对此有褒有贬。但我所生活着的洮州的风土人情、风物景致虽然写了一些，但着墨不多。尤其是洮州回族的风土人情、风物景致写得更是少之又少，总觉心中有愧。这几年里因种种缘由，在洮州大地上浪迹过、阅读过、思考过，但就是不曾动笔抒发过我的情感，现在闭眼想来该是动笔的时候了，随之便思谋着录了下来。

洮州的回族女人

清晨，天外荡来了滚滚的雾霭，像女人甩起轻柔飘逸的衣袖，又像是浓云般弥漫着流动着，虚托住忽隐忽现的远山。近处丘陵四合，矮似蛤蟆，卧伏不动，只是背上那绿意盎然的植被掩盖了一切丑陋和不毛，给大自然增添了无限的生机和灵动。远处，烟雾涌动迷漫，在清晨的天色里辨不清哪是云哪是雾。雾雨中隐隐约约一声鸡鸣，一声狗叫，一声牛哞，一声马嘶……还有那穿透屋顶飘逸不定的草火烟，绞缠着雾霭，浓郁地在村子上空穿行，随之吸尽了地气形成了团团翻滚的白云，以婀娜多姿的风韵，烘托出了洮州无数个村子的无限生机和活力。

雾中鸡叫狗咬娃娃跑。

于是村子就有生机了。

而洮州回族女人们的一言一行、一举一动的江淮遗风最终让村子活泛了起来。

有女人在村子里穿梭，她们的嬉笑声在浓雾中透出了村庄，飘扬在润朗朗的田野上，是谁家看家守户的媳妇还是待嫁的姑娘竟是那么地充满了活力。是笑羊碰了人还是狗惊了羊，也许是人吡了狗。笑声里带着一种善意的幸灾乐祸的味道。这会儿是看不清那朗朗笑语里的人影，辨不清是谁在哪儿。只有闻声的狗箭一样地飞蹿了出去，拆散了笑语连天的兴致。

雾在晨阳中一丝丝地悄然退去，随后薄得像一页白纸。在这薄薄的看不清人影的神话世界里终是有人物走了出来。几经辨认，原来是浓雾中的嬉笑者。立领宽袖，宽口甩裤，踏着碎步的女人在纸雾的虚掩烘托中款款而至，显尽了洮州回族女人的妩媚和神韵以及道说不尽的江淮遗风。

洮州的回族女人要么高帽围纱，要么盖头飘逸，风韵各异。带着一身草火烟的烟熏火燎味和田野的青草味，走在村道上，左边是牵牛的儿子，右边是牵羊的女子，身后是摇尾撒欢的狗儿、觅食的花母鸡。他们走走停停，划破纸雾的掩护，闻着泥土的腥味，听着山野里的鸟鸣，看着天空中的鹰旋，把心思种在了希望的田野里，与花草和庄稼一起生长，并恪守着内心的秘密，用生命守护今生今世的承诺。

痴痴地望着雾气腾腾的远山，读着村子里飘忽不定的炊烟，一种思念就在心田里像雨后的青草和庄稼一样疯了似的生长，清清的、甜甜的、黏黏的，飞向远方。田野里拂来了一阵风，是一阵东风抑或是一阵西风，像飘来荡去的思念来来去去地拂乱了雾的方向，让雾随了它的性子，风也让思念拂乱了自己的性子，没找到准确的目标和方向。儿子手里牵着的牛好奇地抬起头，眼睛润润地看着忽左忽右忽上忽下随了风的性子的雾，又低下头看着嘴边的草摇摇摆摆地没有个静止的时候，随之又抬头思谋着前春上吃草时见过的祖先的一根脚骨，还见过祖先留下的一颗快朽坏的老牙。这头牛成了一只会思念和思考的牛，和那些女人一样，会看一些事情也会想一些事情了。

雾在太阳底下升空去了，带着女人的体香，还有田野里的花香，升得悄无声息，去孕育翌日更大更多的雾气。

洮州女人最大的特点是勤谨和性格开朗。每天清晨天麻麻亮的时候，最早随着鸡鸣从暖暖的热炕上爬起来的是年轻的洮州女人。他们的首要任务是给早起礼拜的公婆和男人灌洗小净的温水，然后清扫院落，院落虽然洁净如洗，没有一丝儿杂物和草梗，但清扫院落已经是她们多年温习不变的一项功课。公婆和男人礼了晨拜，一盘热气四溢的馍馍和沸滚的牡丹花茶水就端到了炕桌上。公婆的脸上洋溢着开心的笑容。

锄头被扛在女人的肩头上，泛着青紫紫的光芒。田里的庄稼和路边的杂草喜滋滋地笑了，笑得很像农民，也很像一阵风。牵着牛儿羊儿的孩子听到了一阵怪怪的笑声，说给说说笑笑的女人听。然而她们完全听不懂牵牛的顽童在说些什么，深陷思念的深潭听不清美妙的天籁之音。只是把一种叫思念的东西深深地装在了心里。

田野里的油菜花开了，笑了；野花开了，笑了；麦穗开了，笑了。孩童牵着牛儿笑得合不拢嘴，嘲笑扛着锄头的傻女人听不懂花草的声音。叫桃花的女人悄悄地约叫荷花的女人，明天是不是领着各自的家下打个平伙，荷花高兴地拍了一把桃花，把一种挚诚和信任拍进了桃花的心窝里，也把一种关切的暖流洒进了桃花的心田。桃花一把葱，荷花一把菜，几只鸡蛋……山野上升起了浓浓的野炊的青烟，袅袅地升腾着缠绕在虚空里，久久不肯散去，像洮州回族女人开心的笑容回荡在丰沛的田野里。

洮州大地唯一缺少的就是大江大河，但小河还是有的，河水四季清澈明亮，能照清人的影子。天热的时节，女人们就把那洗得发白的被褥和衣物抱到河边，相互调笑着洗洗揉揉，然后再说说家常，在嬉笑声中让积压的怨气随水流去。然后各自奔忙各自的家务，看守自己的家下老小，扛了锄头，日出而作，日落而归，把青春种在田野里，用汗水浇灌自己的青春在岁月中成熟。

傍晚，年老的女人坐在门前的白杨树下，张望着从田野里归来的儿孙。微风里飘逸的白盖头在日暮里白得耀眼，那些年轻的女人们扛了锄头，领着顽童，牵了牛儿，赶了羊儿，踩着山道的余热和青草的柔软，披了一身霞光，哼着一首遥远的歌谣：“你从哪里来？我从南京来，唱的什么花儿，唱的茉莉花……”带了一身田野的馨香回来了，依然是高帽围纱，盖头飘逸，款款而至，在深切的思念中走出了一种神韵，一种姿态，让外面世界的那些女人们羡慕得不行，也让那些搞摄影的闲人们闻风而至，于是，外面的世界知道了洮州，知道了洮州的回族女人，都想来看看洮州的山水景致，更想来饱读山野里款款而至的洮州回族女人们的风情神韵。

洮州的回族男人

春天浓浓，大地活泛的时候，粗犷广袤的田野里传来一声声粗野的吆喝，是洮州回族男人在吆喝一头牛、一群羊、一匹马、一群调皮的孩子，精气神是那样的足。让外面世界的人听了连连咂舌，洮州的回族男人了不得，嗓音粗犷的，和洮州回族男人在一起，一定是脾气不投。但只要你想交一个永久的朋友，你就该尝试着和洮州回族男人们接触一番，他们的内心世界竟是那么的柔软和善，跟人说话也是直来直去，不绕弯儿，大大气气。他们的内心是有着一种坚强的信念，做人处事以真主为先，内心深处自始至终接受真主的监督，所以洮州的回族男人就不敢由着自己的性子干自己不愿意干的事，而是思考再三，权衡再三，绝不会做损人利己或是偷牛盗马的下三滥事。于是洮州回族男人在外面就有了很多的朋友，汉族的、藏族的、回族的，各民族的都有，这些朋友则是深交，生生死死，情同手足，要命舍命，要钱舍钱。洮州回族男人也不含糊，你仗义我仁义，你不吃我不喝，至死往来，总成生死之交。

很早以前，流传着这样一个故事，说有一个洮州回族男人交了一个朋友，情深谊长，交了有些年头，你来我往地，彼此称作主人家。有一年大旱，洮州大地颗粒无收，一大家人挨着饿，洮州回族男人奔往主人家去借粮食，但是主人家却只给了洮州回族男人一口袋晒干的萝卜片，指望洮州回族男人一家早点饿死。主人家是知道洮州回族男人家里存放着大量银元的，也知道洮州回族男人一家人不到饿死的边缘是不会拿出那些银元的。后来，洮州回族男人家的粮食终于吃完了，就对主人家说："我拿银元跟你换粮食吧。"主人家说："我家的粮食也不是太广，也就够吃。"洮州回族男人就对主人家说："你一家大小还没有到殁的地步，我一家人饿得快不行了，再没有粮食命就保不住了。"主人家于是拿粮食换洮州回族男人家的银元。饥馑的年景终于过去了，洮州回族男人家的银元也换完了，从此洮州回族男人一家就知道自己家的家底空了，于是老老小小男男女女都勤勤谨谨地弹挣着过日子，到后来也就把日子过得红红火火的。三十年河东，三十年河西，洮州回族男人家的日子过得很瓷实，主人家却因有了那些银元，一家老小变得慵懒不堪，到后来日子过得艰难极了。洮州回族男人抚着胡须对主人家说："我给你换的那几口袋银元呢？现在拿出来，不就是一个大富翁吗？还愁啥呢？"主人家说："在那个年景里，我占了你不少便宜，你也没有把银元当钱花，但我把粮食用粒算，结果呢，子孙看见了那么多的银元，身心就随之懒惰了起来，地也荒了，人也废了，一家大小好吃懒做，坐吃山空，硬是把得了你便宜换来的银元花光吃光了。家道也就一日不如一日了。”儿孙自有儿孙福，一辈人管不着两辈人的事。洮州回族男人望着炎炎赤日，轻声说：“银钱是祸，人心正是富。”

行走在洮州大地上，若看见一个面色红润或是脸膛黧黑、步履矫健的汉子，那一定是洮州回族男人。在春光洋溢的时候，洮州回族男人会扬鞭赶上一群羊儿或是手牵一头牛儿兴致勃勃地走上哪个山头，唱起那动人心弦的山歌和洮州“花儿”来，唱得撩人，也唱得心动。于是你随意地听着“花儿”和山歌，唱起民间传说的那些个爱情故事来。

最让人佩服的是洮州回族男人的吃苦精神。一代又一代的洮州回族男人们沿着青藏线和川藏线这两条主动脉，或经商，或跑运营……足迹踏遍了中国的西部地区，洮州回族男人经几代人的奋力拼搏，在罕无人迹的雀儿山留下了多少洮州儿郎的魂骨，也终于拼出了雀山精神。多少年来，洮州回族男人从古老的洮州大地一脚迈出去，沿着青藏线和川藏线，把他们的生存理念和拼搏精神留在了那粗犷广袤的大地上。他们对于生存的理解就是拼搏，再拼搏。昔日温州人遍布全国，今日洮州回族男人遍布了青藏高原。曾经有一位经济学家形象地说洮州男人就像生活在高原的牦牛，能适应任何恶劣的环境。的确如此，洮州回族男人为了生存，为了家人，背起行囊，义无反顾地走出去，凭着雀儿山精神打拼出自己的一方天地来。

这就是洮州回族男人。

农忙的女人

割　麦

今年刚种下地，不知是什么如此地吸引着这荒山沟的男人们，呼啦一下子就走了个精光。

男人们走光了，村子顿然塌陷了半边似的，失去了往日的喧哗，十字路口的吵闹声消失了，山歌隐遁了……只剩下老人的吁叹声，孩子们的耍嬉声，鸡鸣狗叫声。女人们像一群母鸡失去了打鸣的公鸡似的，全失去了往日的风采和娇气。因为家务活一样又一样地落在了她们的身上：烧水、做饭、侍候老人、调教儿女、割麦……

随着麦子一天天地在太阳底下急急忙忙地变黄，女人的心也一天天地紧缩起来。村街上担着满桶水的女人对怀抱一张旧镰去铁匠铺修理的女人说："快要下镰了！"说得那么紧张，那么焦急。太阳快要下山时，站在村口张望的女人对地里回来的女人说："明后日怕是要下镰了！"说得那么不容置疑。

男人是鱼儿，女人是水。没有男人的村子似风平浪静的湖面寂静极了。

一日，天刚亮，家家的烟囱里都冒起了浓浓的草火烟。狗也比哪一天都叫得早。薄薄的雾霭里股股浓烟熏破了寂静，高高地悠悠然地蹿上了天。

晨阳跳进了院墙，女人们就忙开了。鸡叫声、打骂孩子的哭叫声……混杂着笼罩了村子，压住了村西头柳树上的鸟叫声。随着太阳的升高，村子里更忙活，更纷乱。"冬冬，磨镰水端来！""杏儿，找磨石来！""黑子，浇磨镰水来！"于是，村子就在女人们的叫喊声中沸腾开了。

女人们行动起来了。第一次在没有男人带领下的无约束的秋天的田野里，女人们各想着各的心事，但有一个想法是一致的，那就是在没有男人的情况下把往年男人们干的活儿干好干完，用一双未经磨炼的手创造一个奇迹，创造一份惊奇，把田里长势汹涌的麦子一粒不剩地割完、拉完、碾完。

割麦开始了。但为了第一个割完或不是最后一个割完，女人们暗中较上了劲，第一个割完麦子的女人也许会成为全体女人的榜样被到处颂扬；最后一个割完麦子的女人也许会成为全体女人的笑柄或是茶余饭后消磨时光的话题。

女人们在露出了灿烂笑容的麦田里拼着命，麦捆一个个地竖起来，偶尔风吹过又一个个地倒下去，似吃了败仗的鬼子兵，横七竖八地。汗泥把女人们的粉脸流染成了花脸，白一片，红一片，土尘尘一片。麦田里终日听不见说笑声，只有镰刀砍麦秆的嚓嚓声和紧张而无节奏的女人们的喘息声。女人们有无本事，男人们在身边时，看不出个所以然，只有在这无男人的时候，才是女人们互相较量、显露本事的时候。平素，男人们在时，你说你有能耐，我说我有本事，那现在就拿出本事来比个高低。

时至晌午，女人们都已腰困腿疼、精疲力竭，可谁也不会停下来吃一口馍，喝一口水，怕落个"吃家宝"或是"懒婆娘"的好名声。老人、孩子们担着水壶、饭罐从田里的这头望到那头，终不见有人停下来歇口气、吃口馍、喝口水。

小脚老太终于忍不住，张开漏风的嘴扯着嗓子四下里喊开了："吃晌午了！……"女人们似乎听到了命令，都似散了架的破车呼啦一下就隐没了影踪。

晌午过后，大家又都暗中较上了劲。

日暮晚归。村子上空又冒出了股股浓烈的的草火烟，把一抹霞光熏得羞涩地隐藏在了那西山后。

天黑了。

晚上，家家的窗口映出一个个弯腰低首的暗影，那是女人们在数自己手上磨出的水泡和血泡。熄灯后，家家屋里传出女人们的轻轻叹息声，这叹息似轻诉像埋怨。在有男人的秋天割完麦子的夜晚，女人们端着手上磨出的水泡和血泡给男人诉说、撒娇，在男人的疼爱中像鱼儿似的滑进男人的被窝，靠着男人宽厚结实的胸膛，枕着男人粗壮的胳膊，闻着男人的汗腥味，安然地睡去，直到第二天鸡叫。

灯一盏一盏地熄灭了。

女人们乏困的身子贴着暖炕睡去了。

碾　场

女人们是闲不住的。

她们在没有男人的收麦季节里拖着疲惫不堪的身躯，你拼我，我比你，终于赶在白露前后落白雨之前把那涌动的麦浪收在了镰下，总算可以喘口气了。

八月十五前后，天晴爽爽的，落了几场霜，一攒攒的麦子束子便收了气儿，干干脆脆地翘首盼望，要搬场了。

男人们真能耐住性子，割麦未来，搬场未到，恐怕碾场也不会回家的。搬场的日子近了，女人们心急如焚。在往年，搬场都是男人们的活儿，女人们只是系着围裙围着锅台转，紧张时帮着搭搭麦垛而已。而今年跟往年不一样了，她们要亲自动手套着牛车搬场了。

她们稀里糊涂地忙活了几天，搬完了场。搬场还不算是最累的活儿，最苦最累的是碾场，怎么个碾法，她们心里都没有谱。

今年，家家的场都盘碾得不瓷实，蒙了几天阴雨，场都变成了水滩，只见渗雨，不见流水。而且水路也都不畅。场里渗透了水，远看像一面面巨镜，水汪汪的。望着这不见干的巨镜，女人们快急疯了，麦垛里也渗进了水，不几日，麦垛上便冒起了“白烟”，麦垛开始发霉了。女人们急得嘴角长泡。

场盘碾不瓷实，这不怪她们，原本那平铲、盘碾场都是男人们的活儿，谁知今年偏偏无可奈何地落在了女人们的身上，也真够难为她们的了。

天，阴够了，雨也下够了，就急急忙忙地放晴了。天刚晴，人心顿然明朗了许多，似乎掀去了蒙头的一块幔帐。

好天气是有了，可就是不见有人碾场，也听不到碌碡滚碾的咯吱声。女人们在等待观望。黑子妈问冬冬娘："你碾场了吗？""我家场湿，过几日场干了再碾不迟。"冬冬娘用场湿来遮掩她无帮手的窘迫和无奈。正是碾场的好季节，不碾是不行的，谁得带个头。可谁也带不了这个头。平摊一场麦子，一个人能忙得过来吗？都上有老下有小，不但要做饭，而且要赶碌碡，又要翻场，还要挑草、打堆、扬场……一个人要是忙不过来咋办？二八月的天气，凶婆婆的脸，说变就变，没个正常。要是正碾当中落场急雨，平摊一场的麦子不就完了吗？只有窝在场上生绿芽黄芽了，来年也只能吃粘嘴粘牙的麦芽面了。有几斤芽面，烙个饼子，甜丝丝的尝个新鲜，解个馋而已。多了也就不稀罕了，一场的芽面你能吃完吗？吃多了还能不吃出个病来？

怎么办，场是非碾不可的，人能等时候，可时候是不等人的。

还是小脚老太有主意，她要女人们联合起来挨家"消灭"，可先碾谁家的呢，谁都想碾。要不从东头或是从西头挨家碾，可碾东头西头不答应，碾西头东头不答应。不答应有不答应的道理，一家至少要碾上五天，并要天道顺不下雨，到最后轮上碾时，时间上相隔三四十天，麦子早被老鼠"碾"得粒粒破碎，末了，还会给你留下灰黑色的麦粒大的东西，让你拣也不是，筛也不是，淘也不是，将来麦子磨成面，做了饭，蒸了馍馍，让你还会想起那灰黑色的东西，倒了胃口，生了病。

这种碾法显然是不行的。

女人们急得喉咙里直冒烟火。

一日，邻村来人说，她们村有台脱粒机，脱得飞快，扬得干净，一家用不了半日，保证颗粒归仓。

女人们沸腾开了。联系脱粒机的机主去了。

第二日，脱粒机就到了村东头。机主说："单干不行，大家得联合上才行。"女人们笑了。至于从东头脱或是从西头脱，女人们都无意见。

机器的马达声响起来了。女人们自动地从锅台边跑了来，系着围裙，为自己缠帮手。

女人们矫健的身姿往来奔波，各有各的一招，各有各的一手，往机器里塞麦把的、往空地上挑草的、装麦的……似谁分了工，忙而不乱。

打碾场上，细尘飞扬，麦糠突奔。顷刻间，女人们被飞扬的细尘遮住了脸，盖住了头，再也瞧不出个俊秀，看不出个老少，一样的土尘尘、灰蒙蒙的肤色，都成了"土老鼠"。

可共同劳动换来的喜悦的笑声传出了打碾场，在那山沟小村的上空飘荡。笑声里隐没了疲劳，显出耐久的青春的活力。

渴望一片土地

刺骨的河风变得像个大姑娘一样温顺柔和时，河水又唱响了清越欢快的歌，冻积了一个冬天的河冰再也挺不住坚实厚重的躯体，在河风纤手的抚摸下融化得没棱没角、酥酥软软的，像块掰破的馒头，在不经意中化去了。昏昏沉沉地蜗居着守护妻子儿女的年轻人们，紧束的系腰再也缠不住他们躁动不安的心绪，脸上开始有了一丝活泛舒展的笑容。

大地狠狠地打了个懒颤，松动着醒了。我踽踽行走在大地上，让春的纤细的巧手轻轻地拂过粗糙的面额。抬首望天，一片朗润；低头看地，满目活泛，心境便也明朗润泽起来。作为农民，亘古以来自有的亲融于土地的情愫随之而生，即刻甩掉裹身的衣物躺在泥土里翻个筋斗，打个滚，然后惬意地坐在青草刚刚冒尖的山坡上，让铺天盖地的馨香滋润干燥了的脾脏。

抑或真的要当一回农民。

于是，我在某日早晨扛起那把泛着青光的锄头，踩着父辈们的脚印，一身轻松地选择田野里一条平坦的小路深深浅浅地走去。我知道，我并不需要什么，也不去寻找什么，只是在田野里转悠着看看父辈们曾经留下的身影。也许，我正走近历史。我越走越远，跟着移动的太阳漫无边际地走了下去。在一处茂密草丛里我发现了一堆白生生的动物的朽骨，也看到了一把锈坏的铁锨，我仔细地辨认，从一根肋骨深深的鞭痕上才知是一头牛的朽骨，从铁锨的锈迹中闻到了与我身上相同的气味。我知道了这头朽掉的牛是我家曾经养过的耕牛，铁锨是我爷爷的爷爷使过的东西。就是这头牛使我的家族有了土地，有了繁兴，代代繁衍生息，至今不休，是铁锨令我有了与先祖一脉相通的气息。冥冥之中，我听到了一声牛的哞叫和铁锨与岁月的撞击声。我用锄头刨开草丛，移走了朽骨和锈迹斑驳的铁锨。啊，又是一片沃土，朽骨下面的土地已被骨油浸润得黝黑闪亮，松松蓬蓬，酥软无比。我真该感谢我的先祖养了这么一头好牛，到今日还给他的后人们留下了这么一片上好的沃土。我与先祖的心灵接近了。锄头哧哧地刨进酥土里，唤醒沉睡了不知有多少年的土地，也唤醒了我的记忆。

我仍然扛着锄头在空旷的田野里转悠。我清楚我是农民，一个地道的农民。是农民就该扛着锄头，这是农民的家什，是农民的本分。我知道我又该干些什么。突然，一个声音说："你走吧，扛着你的锄头朝前走。"我听从他的话往前走。在这之前，我还从未这样对谁顺从过。可我究竟要走到哪儿去呢？茫无边际的田野就我一个人，我停下来环顾四周，一片空蒙和寂寥。那个声音说：“你走吧，扛着你的锄头，不要回首。”可我到底走哪儿去呢？我回首望了一眼，身后茫茫然空蒙无际。我只有停下来，把锄头狠狠地刨进土里，我的脚下震撼了，沉睡的土地醒了过来。那个声音又说：“你刨吧，刨！”我又不明白，今早出来，我只是扛着锄头转悠，并没有想刨地。域外之音又说了几遍，我才知道我真该做些什么，于是我狠狠地刨地，一片又一片，直到天黑，我才歇手停了锄头，身后已是一大片黑黑的沃土。我就想，在这片新刨出的土地上应该种点什么。我想起了家中黄澄澄的麦粒，也想起了回家，可我却找不见回去的路，也找不见父辈们的脚印，只有我在新刨的那片沃土上留下的一长串脚印，但不是很均匀。我找不见去路，就只有留下来。

我留了下来。

锄头明晃晃的很农民地扛在我的肩上。

我明白了，自己扛着锄头转悠的目的其实是渴望着一片土地，自己能够拥有并可耕耘的一片土地。

夏夜，我坐在月光下的山坡上

在城市里住得久了，常常会想起乡村，想起乡村里春天的田野、夏夜的月光、深秋的成熟、冬季的白雪。但最令人向往的还是儿时在夏夜里领着一群不大不小的玩伴奔跑在湿润润的草地上捉迷藏。夏天到了，坐在窗前，望着窗外的月光如水般轻泻在线柳的柳条上，滴下点点清辉和想象。于是我的记忆不能不回到儿时夏夜月光下的田野上。

我决定在深夏有月光的晚上悄然回到乡下老家，然后带上妻子和女儿到山坡上坐一坐，就那么坐一坐，听听蝉鸣，听听鸟叫，听听风声，看看星星的眨眼，望望浮云的游动，看看孩子们的玩耍。

深夏的山坡上湿漉漉的，青草柔软绵和，山风轻拂着人的脸颊。妻子满脸的忧虑和紧张，悄悄地问我是不是病了。我轻轻地告诉妻子说："我的老毛病犯了。"妻子长长地叹了口气，说："以前也没有听说你有啥老毛病。"女儿望着远处一大块游动的浮云，目不转睛地说："爸爸想他以前的月光了。"妻子听了女儿的话，转过身捶了我一拳。女儿说："夏夜里坐在月光下的山坡上真好玩。有星星眨着眼和你说话，有风儿听你说话，有虫儿鸟儿听你唱歌，像是童话里的世界。"显然女儿是陶醉在了夏夜里的月光下。

我看着眨眼的星星，听着催眠的虫鸣，想到了那些还在灯光下的人们。真不知他们现在干着什么呢。那个时候，人们为了节省那点灯油，在有月光的时候，女人们手里拿着鞋底不约而同地来到村子中央的大树底下，纳着鞋底，说说话儿，交流一下感情。那些年轻的姑娘们远远地坐在碾场的碌碡上，唧唧喳喳地说些悄悄话儿，有时候，几个姑娘围住一个姑娘，说长道短，惹得那个姑娘脸红成了铜罐子才肯罢休。男人们则三个一群四个一伙地坐在破旧的场墙上，说一些挣钱的门道儿，也说一些与庄稼和女人有关的话题，时而爆出粗犷而野道的笑声。然而看看现在，村子里的灯虽然亮着，但都是那些留守的寂寞女人们在看电视，她们没有那个时候人们的那种爽朗的心情，把自己关在了门内，把人情交往关在了门外，过起了人与人不交流不交往的生活。

那个时候，哪家的孩子饿了，钻进谁家的灶房里掰一块馍馍就吃上了，现在的孩子们都是被关在了门内，不与同村的孩子们去交往和玩耍。就像我女儿，每到周末，她就很焦躁也很无奈。既不敢到别人家去玩，也不敢喊人到自己家里来玩，默默地把自己关在房子里，写作业、看电视、睡觉，不喜欢与人说话，性格都变得怪怪的。

女儿望着夏夜里月光下眨眼的星星说：“我找到说话的对象了，就像蝉儿唱歌给草花，鸟儿唱歌给夜空，不管有没有听话的对象，我都要说话儿。”那晚，女儿果真又唱又说的，惊得鸟儿都扑棱棱地飞走了。她很是高兴。

夏夜的月光清洁着人的思想，净化着人的灵魂。同时也开启了女儿活泼的天性。

夜深了，我们该回家了。

我跟女儿说，你就把夏夜的月光盛在你的眼睛里吧，把那些鸟叫虫鸣藏在你的记忆里，把那些花草种在你的心田里吧。这样你就不会忘记在这样一个夏夜的月光下，你曾经坐在山坡上聆听过、歌唱过、思考过、高兴过。

蓝色的炊烟

走了三十里山路，黄昏时分终于到了人们常歇脚的那个崾岭口。崾岭口有一个陡坡，坐在陡坡上就能看见坡下家家的庄窠院子。坡上长满了马兰花，这个时候，马兰花正开得蓝旺旺的。我坐在马兰花丛里，闻着花香，回想着自己的过去，仰望着天上飞鸟高旋。田里拔草的媳妇和姑娘们说说笑笑地往回走。天蓝得像一汪浩渺的海水，天上游弋的云彩，也像大海上远航的帆船。这时，山风微微地抚着脸，像母亲的大手轻轻的暖暖的。袅袅的炊烟在夏日轻风的吹拂下，在村子上空缠来绕去，飘飘荡荡的。这时候，母亲一定是挽起袖子，忙碌在灶房里，为拔草回来的儿媳妇准备着晚饭。

很久没有在家乡的草地上这么惬意地躺着了。我领着女儿在城市的草坪上躺过，周围是嘈杂的人声、机械的轰鸣声，眼望着天，天是灰沉沉的那种雾罩。闻不到山野里野花的清香，听不到纯自然的鸟叫虫鸣，看不到纯净的蓝天白云，也看不到我的乡亲们那种亲切的笑容，更看不到我母亲在灶房里烧出来的那种闻着香甜看着蔚蓝，在睡梦里不知盘绕了多少个日夜的草火烟。

儿时的春天，我唯一的任务就是牵着牛到山上去放。到黄昏的时候，眼望着村子里一股股的炊烟升起来，最后等到村口我家房顶上突然冒出一股像白雾似的浓烟，我知道那是母亲点着了灶火。再等到那浓浓的炊烟变成一股摇摇晃晃的蓝色的轻烟冲上天空的时候，我知道晚饭快做熟了，就匆匆地牵着牛回家。思谋着母亲端放在炕桌上，碗里飘着野葱花和油花的青稞面疙瘩汤，肚子早咕咕地叫了。回到家里，把牛拴到牛槽上，晚饭早端到炕桌上了。我二话不说，跳上炕端起碗一顿猛吃，母亲看着我的吃相，说我像是生在了饥年，没有个饥饱，我看着母亲一笑，依然不说一句话，继续埋头吃我的饭。吃了饭，就一溜烟跑出大门找我那些个玩伴们玩去了，直到玩得天上的月亮露出了笑容，星星眨着眼有了睡意，才各回各家，爬上炕头一歪进入醉人的梦乡。

上中学那会，每到秋天庄稼收割的时候，一到周末，上完下午的课，等不到放学，我就悄悄地溜出校门，一溜烟似的往家里跑去。那个时候，人手紧，庄稼黄得掉穗子，父母常常忙不过来，渴望着我在周末能来帮他们一把。三十里山路，我到家里时，炊烟早已升上了天空，明亮的灯火也变得星星点点，村子已经基本上歇息了。只有家家那看家护院的狗儿在遥相呼应地叫着，给村子增添着一种悠远的生机。我知道这时候，只有我家的烟囱里一定是轻轻地冒着蓝色的草火烟。我也知道母亲就坐在灶房门的门槛上靠着门框歪着头抄着手沉浸在她的梦乡中。我轻轻地推开虚掩的大门，灶房里的灯还亮着。我蹑手蹑脚地走到母亲跟前，她竟然没有醒来，看来，我的母亲是让一天的劳作累坏了。母亲就那样坐在灶房门的门槛上靠着门框歪着头睡着，睡得很香很甜。我轻轻地推了一把母亲，母亲揉了一把眼睛，微笑着说："我就知道你会来，饭还在锅里焐着，热和着呢，我给你端去。"母亲摇晃着起来，走过去掀开锅盖，端出盛饭的瓷缸子递给我，微笑着看我狼吞虎咽地吃下去，又接过碗刷洗干净，让我去睡。而她则又去烧火做第二天吃的馍馍去了。第二天清早，星辰还在眨着眼睛，母亲就早早地起来做饭烧水了。吃完早饭天还没有大亮，家家的狗就叫开了，村街上早有人迈着沉重的步子去地里了。父亲开了大门牵着牛，母亲背着镰刀和馍馍，我手里提了水壶，也跟着那沉重的脚步声走出了大门，走出了村子，向自家地里走去。到地里时，天才麻麻亮，地里早有人嚓嚓地挥镰割麦了。父亲把牛拴在地边的草棵子上，让牛自己去吃。招呼我们挥镰开割。

割到中午的时候，太阳毒毒地照在头顶，汗水像泉水般从头上、脸颊上渗下，淌在眼窝里涩涩的。我使劲地摇头甩掉蒙眼的汗水，不时地用袖口擦一擦，但汗水还是不停地渗出来淌下来……父亲和母亲的脸上也是汗流如注。这时候我多想听父亲或是母亲说歇一会。但父亲和母亲就是没有歇的意思。我的腰也困乏酸疼得厉害，割得动作渐渐慢了下来。父亲头也不回地说："你乏了就先歇一会吧。"看着他们淌汗流油，我哪能歇得住呢？母亲说："还是大家都歇一会吃点晌午吧。"母亲的话就像是一道歇工的命令，父亲和我同时停下了挥镰的手，弯着腰走到地边上歇下来。

说是歇，但也没有多长时间，只是喝了两杯水，吃了点馍馍，就又挥镰割开了。这样一直割到下午太阳西斜，母亲就下山做晚饭去了。要在平常，母亲是要割到黄昏时分才提前回家做晚饭去的。但那天我吃过晚饭后要回学校，她要早点回去做晚饭，相应地我和父亲也要早回家。

母亲回家一个多小时，我和父亲也就牵上牛回家了。父亲说："今天是沾了你的光，要不然这么早回去怪可惜的，还有两三个小时天才黑呢，这段时间还能割一些庄稼呢。"我说："还有明天的时候呢。"父亲笑着说："明天有明天的事呢，田黄一夜，庄稼不等人。人能等时候，可时候不等人。种田跟你念书是一个道理。"父亲的这句话让我思谋了很久才思谋明白。

吃过晚饭，我背着要吃一周的馍馍匆匆往学校里走去。走到嵝崄口的那个陡坡上，我坐在马兰花丛里，眼望着蓝天、白云、晚归的庄稼汉人，还有村子里袅袅的炊烟，回想着起早贪黑的父母亲那满含希望的双眼，不由泪水哗哗地流了下来。从来不会讲大道理的他们，只会讲种田跟念书是一样的最朴素的道理。

在马兰花丛里坐得久了，就不想再起来了。一道晚霞红红地映在天边，村子像镀了一层淡黄的金边，明亮明亮的。村子中央清真寺里的唤礼声震荡着四周的山野，一个个有心灵寄托的人脚步匆忙地循声而去，一脸的肃穆和沉稳。家家的房顶上冒出了一股股晚炊的蓝色烟霭，缭绕在村子上空，把我的童年，把我对村庄、对乡亲，甚至是一头牛、一只羊、一棵树的记忆，把我对父母亲的思念全都缭绕在了盘旋飞舞的蓝色烟雾里。让我放心不下，思忆不绝。

秋天在母亲的背上

儿多的母瘦，这是农村人常说那些儿女众多、生活贫困的人家的一句话。小时候，常听母亲叹息着悄悄地对父亲说这句话。那时候，我和两个弟弟都还小，听了母亲说的这句话，认为母亲不像她自己说的那么瘦，看来看去只是觉得母亲的脸膛有点黑，也知道那是天天干农活让太阳晒黑的。我们带着疑问在母亲的呵护下一天天长大，直到上了小学才懵懵懂懂地理解了这句话里蕴含的意思，也才明白母亲为了我们的吃穿用度自己亲身体验着“儿多的母瘦”这浅显的哲理。

秋天是万物丰收的季节，也是母亲最忙的时候。这时候的母亲，大清早先把牛羊放到山上，交到羊倌的手里，回到家里做好一家人的早饭，再背上背篼跑到田里发疯似的割麦子、割青稞。她知道，一家大小的口粮就在她的镰口里，只要她一松劲，再碰巧遇上一场白雨，那麦子和青稞就会被冰雹砸烂在地里。尤其是到农历节气白露前后割不完庄稼，就会遭遇上冰雹的。村里的老人常说，白露的前三后四这几天里，是白雨最恶的时候，当年有人在这几天前常不管庄稼黄不黄，总是要割一点种子，只有这样人们的心里才会稳妥一点。母亲就是在抢这个时候，她把白汗流成了黑汗，全是为了我们。那时候，家里安有电锯，父亲守着电锯，挣一点小钱，给母亲帮不上任何一点儿忙。我们也都还小，只知道饿了吃，吃了玩，玩了睡，愉快地打发着自己的童年岁月。有时候我们玩得土头土脸的，母亲总会心疼地盯着我们看上半天，然后嘿嘿地笑一笑，不说也不骂，任我们疯玩。只是当我们玩翻了天的时候，她才会用赶鸡的树枝给我们拍拍土，用擦锅的抹布甩甩我们的腿，甩得我们痒痒的，我们便哄然夺门而出，让母亲做熟饭后再跑到村街上大声叫我们。这时候的我们就躲在墙头或是大白杨树的后面，看母亲的笑话。有时候，母亲实在叫不出我们，就气哼哼地关上门，故意在院内做出一些动作让我们从门缝里看，其实，这时候母亲已看着我们了，她便不再理会我们，大门紧闭着，我们进不了门，只有坐在门洞里窃窃私语，彼此埋怨着。可是谁带的这个头呢，我们三人谁也说不清，可回到家里受到责备和打骂的往往是我，与两个弟弟无关，这就让我很是想不通，我们三人想着法儿逗着气母亲，可到头来吃亏的往往又是我。这样的事一多，母亲就给我们讲了一些大道理，让我们不再在母亲最忙的时候逗她玩了。

母亲出门的时候是一只空背篼，回来的时候不是满当当的一背篼青草就是一背篼庄稼穗子。那个时候，已经很少有人在揽黄田的时候弓着腰拾捡庄稼穗子。一背篼庄稼穗子打不了多少粮食，但你少割几镰，地里的庄稼也许就会被冰雹砸了，得不偿失。可母亲从来就不这样想，庄稼是她一手务操黄的，从种田、锄草、收割、搬场到打碾，哪一样活不是经过她那双手，所以一块地割完的时候，她就会背上背篼，在地里走上几个来回，直至拾尽遗落地里的麦穗。母亲常说："不心疼庄稼的女人不会心疼自己的儿女，即使心疼也不会疼出个样子来。"母亲说的是心里话。其实，那时候就是那样的。

庄稼收割完了，母亲就把附近地里的庄稼一捆一捆往家里背。父亲说过几日等大家搬场的时候再一起搬，母亲就是不听，一点一点地搬着，然后再一点一点地碾成粮食装进柜子里，只有这时候，母亲的脸上才真正有了丰收的喜悦。

现在只要和母亲说起那些年月，我就想起不分昼夜慢慢蠕动着的一个大背篼和一大捆草，母亲的身影鲜活地在我的眼前晃悠，这样一直晃悠了好多年，直晃悠到了今天。

闲着有空时，我就坐在母亲的身边，把这些记忆说给母亲听。母亲就叹息着说："那个时候人年轻心劲也大着呢，为了不叫你们几个饿着、冻着，当娘老子的就得拼命干活。现在时代变了，不像那时候死扒在庄稼上，而是出去寻着活路挖光阴了。那个时候，要不是那样死撑着，你们也念不成个书，只能当个睁眼的农民。"

母亲说这话的时候，女儿伏在我身上静静地听着。我对女儿说："那时候奶奶是把秋天背在背上的。"女儿睁圆眼睛问："奶奶背着秋天？"我说："奶奶背着秋天，秋天背着我。"女儿噢地喊了一声说："我知道，奶奶背着秋天，秋天背着你，你背着我，我背啥呢？我背春天。"

母亲看着女儿笑了，笑得像深秋中午的阳光，既灿烂又温暖。

月儿的笑容

深秋的夜晚，在一潭清水般明晃晃亮森森的月色下，我领着女儿踏着月光走在田野上。女儿轻捷地在田间小道上、塄坎上跳着跑着，像一只撒欢的小鹿，欢快地唱着刚学会的儿歌，歌声在寂静的田野里显得那么空灵和清脆。女儿的歌声唤醒了我二十几年前的那些旧梦，也正在打开着我儿时那些美好记忆的阀门。儿时，在这样深秋的月夜里，我常常一个人毫无睡意地躺在草丛里，仰望着月儿灿烂的笑容，看着一块块的浮云疯了似的从月儿的身边飘过。谛听着虫子轻轻的鸣叫和风儿轻拂着草尖儿的啾啾声，心中充满了无限的惬意和畅快。

在这样纯净无染的月色里，女儿还不曾在田野上踏着月光走过、浪过、坐过。我领她出来其一是因为我很爱这样的月夜，只有在这样的月夜里，我才能长久地坐着思考一些过去的事情，恢复一些儿时的记忆。其二是女儿要写一篇关于秋夜的作文，可女儿写了几篇都不十分满意，不是和这本作文书雷同就是与哪本杂志上的文章有密切的联系，总也写不出自己的东西。让人难过得不行。

我让女儿先观察身边的花草和庄稼，再看看天空，听听风儿，读读月儿，再想一想当农民的爷爷、奶奶和叔叔。女儿学着我的样子躺在我身边的草地上，望着天空说："我看到了月儿，月儿真圆，而且又大又亮，大得像奶奶家里那个亮亮的瓷碟。"

我和女儿说着话儿，有几只野物在田里蹿过，像在赶麦趟似的，把麦秆摇得哗啦啦的。月光下，沉重的麦穗摇晃着成熟的头颅，眯着醉眼，也在偷偷地笑着，像是很开心的样子。这也许是麦穗最后的笑容了，晚上经露水一浸，第二天再经太阳那么一照，它再艳艳地笑上那么一上午，遍地都成了金黄，这时候父亲就要郑重其事地开镰了。我把这些都说给女儿听，女儿听得很认真。在这之前，女儿也曾在秋夜里坐守，沐着月光，但不是走在乡下充满诗意的田野上，而是走在县城人声喧闹的广场上，看着昏黄的灯光，听着嘈杂的人语，乏困地坐在广场的栏杆上睁不开蒙胧的眼睛。

女儿朗朗地笑着、唱着，把寂静的月夜渲染得充满了生机和灵动。浮云早已散去，月儿在清纯的夜空里笑得正欢，不知什么时候，女儿已停止了歌唱，看着瓷盘似的月儿笑得甜甜的。这时候女儿心里一定像村里那潭泉水一样清澈无染。

月儿笑了，麦穗笑了，田野笑了，大地笑了，女儿笑了，我也该笑一笑了。

月儿慢慢地移动着，我领着女儿踏着月迹回家。突然听到草儿笑了，树儿也笑了。女儿笑得更欢了。

守护精神

我们这一代是对信念和生存方式用理性和心智深刻思索的一代。因为我们的时代掩藏着真实与机缘、光明与前途、奋斗与抉择、消逝与泪光……哪怕是一点肤浅的理解，也可使我们远离迷途，走向纯洁。

一

他久久地凝视着父亲带回来的那张照片，一条清湛湛的河流即刻在脑海里流淌起来。水流漫漫畅畅，潺潺地流过那茂盛的杂木林。河边碧草萋萋。牧羊人在穿过杂木林的那段河边上静无声息地洗涤身心，是那么专注。林外的高地上，站着一位老者，眺望着、思索着，把青春留给了身后的土地和岁月。他敞开心扉，带着纯洁的期望和憧憬，守护着洁净的精神。

他认识着，思索着。

他的思维似星儿在天空中闪烁，他的信念似船儿在水面上航行。

那张震颤人心的照片重新打开了他封存的记忆。十几年前，他带着城市人固有的傲慢与鄙夷，来到了那片造就他血脉的乡土。当初，他听爷爷讲述农民的深奥哲理时，觉得深不可测。他无法理解爷爷对信念的诚信和执着。他曾一次次扑进那洁净的山野的怀抱，让溪水一遍遍冲刷心灵，然后带着乡土滋润的心境，深刻地思考。他的思维总是在那星罗棋布的城市和充满无限生机和活力的田野之间徘徊。他竭力寻找思维的最终着落点，试图让纷乱的心绪终止于某处，却总是那么艰难。有时，他想沿袭父亲的生存方式而生活下去。可是，当他想到爷爷那灼人的眼神时，却又不得不打消那令故乡人鄙夷的想法。父亲和他生活的时代毕竟是存在差异的，父亲背着的那阴影岂可烙印在他身上呢？父亲走出了故乡，走出了故乡人的视野。

他努力追寻爷爷眼神暗示的那种东西，但当他进入那神秘的境界时，他的心灵颤抖了，他看到了真实与机缘。他急切地憧憬着人生永恒的希冀。

二

他坐在班车窗口，看着路沟边的白杨树齐茬茬地移向车后。城市离他愈来愈远，故乡离他愈来愈近。满车的乘客，一半是城市浮尘般臃肿病态的脸，一半是故乡爷爷那刚毅的神色。他深深地思索着这些刚毅神色后面隐藏的东西。他看到了那方乡土造就的血脉，那血脉里流淌的是洁而无染的血浆。

故乡，远离喧嚣城市的偏远农村，自有那不显现自己的农民哲人对他说出永放光芒的哲理来。机缘已到。他顿悟了。他从多年时醒时睡的梦魇中醒了过来，踏上了真实的归宿，这是他爷爷的归宿，也是故乡人的归宿。

故乡，他再也离不开你了，他的心灵在乡土的滋润中得到了彻底的净化，他将弃污抛恶，在洁净的乡土里打个滚，重塑全美的自我。

他的血脉里开始流淌那净化的血浆。

他寻着了爷爷那灼人的眼神中令人心灵震颤的东西。

洮州土炕

假如你要到洮州来，不必等到阳春三月百花烂漫或是深秋霜叶红遍。虽然在那时你尽可饱览洮州的无限美好风光，领略洮州的神奇俊秀，但你未必能真正领略一个真实的洮州。既然如此，你只有冒着严寒踏着积雪而来了。尤其是进入数九寒天的洮州另有一番风情，其时你可领略到它的硬气和与众不同。你来看，寒气凛人的洮州，徜徉在大街上的人哪一个不是步履矫健，满面红润，就连山道上牵着一匹毛驴或是驾驭着一辆牛车的农民，一个个也是精神抖擞，满面舒展着活泛的笑容。这是令你羡慕的洮州人的健康心态和悠然神气。他们的骨子里充溢的这种硬朗神态，着实让你惊叹，让你追求，更让你神往。

洮州，虽然有些东西已逐渐被历史和岁月所淘汰，正如它的古老称谓一样已被年轻的称谓临潭所替代，但是它古老的称谓里蕴藏着辉煌和骄傲，也拓展着洮州文人的心绪和视野。洮州文人有所作为，就必须打开其历史的页册，吸取精华，然后才能有所作为。洮州人终究淘汰不了洮州，洮州也终究淘汰不了洮州人，亦如洮州人永远淘汰不了土炕。

土炕，延续了洮州人的血脉。亘古以来，洮州人就和土炕相依为命，一代又一代的洮州人在土炕上完成了生命的延续，也终结了其一生。你不要小看土炕，土炕的炕洞里虽然填的是干透的植物朽叶，但土炕的石板吸收的却是丝丝缕缕燃烧的火星中喷出的精气，正因这百草的精气，才使洮州人血脉延续不断，代代不息，也使洮州地灵人杰，人文荟萃，名人辈出，灿若群星。

土炕，硬实了洮州人的骨气。洮州人是硬骨头，这没有人敢否认。在全国各地最艰苦的地方都有洮州人的足迹，尤其是在西藏、云南等边疆地区，开通商路繁荣地方经济的多是洮州人，但不管他们走到哪儿，都是一样的土炕睡出的健康神色，走南闯北仍不改其睡土炕的习惯，因为他们的意识里有着对土炕的眷恋，骨子里有着对土炕的依赖。可谓是生死相随的青藏线上，往来奔波的最坚强最有勇气的人还是洮州人。正如一位经济学家所说，没有洮州人就没有西藏等地方的商业活动和经济繁荣。在大雪覆野的时节，有谁能翻越人迹罕至的雪山呢？只有洮州人。洮州人有着一种超人的勇气和刚毅，这是一方土脉养育出的硬气。

土炕，充分展示了洮州人的无限想象和创造力。它伴随着一代代的洮州人度过了漫长的岁月和人生，也给了洮州人无限的生活希望和追求。其实，对砌一座土炕的讲究和其墙帏的装饰尽可展现希望和追求。美好的生活是人类代代不息的一种追求。你进入洮州人家，人们对土炕装饰的讲究就足以让你恍惚间进入了阳春三月，听到了鸟雀啼鸣，看到了百花争艳，感到了温暖和舒适，随即产生融于大自然的一种情愫。土炕的装饰是一门艺术，而且是女人们的艺术。就因了这，洮州的女人必须从小练就一双慧眼，观察飞禽的飞翔、起落，花草树木的生长衰败、摇曳摆动；也必须练就一双巧手，描绘出活灵活现、振翅欲飞的鸟，花草树木欲静而风不止。用心将这些栩栩如生的动植物绣于墙帏上，把洮州女人的智慧充分地展现在世人面前。

土炕，农民对于它的亲近自不必说，它不但使你消除了一生的疲劳，而且也使你消除了吃药打针的病症。你感冒了，不必恐慌，也不必像城里人慌慌张张地去吃药打针遭受皮肉之苦，而是喝上几大杯红糖水，把炕烧得冒尖，然后躺上去盖上被子出身汗，感冒即随汗而去。你感受一下吧，躺在光席片上，身下温烫烫的，身上的汗凉丝丝地顺着身体流下，痒酥酥的，流吧、淌吧，让浑身的汗把你浸透，似蒸笼般热气腾腾时，你一点一点掀开被子。出过汗的身体这时如同沐浴后一样清爽。这时候，你的头疼、鼻塞、四肢酸困早跑到九霄云外去了。你依然像一个未生病的正常人一样去生活、去劳动、去读书、去工作。

土炕最能解乏。是农民就离不开体力劳动，劳动着乏了困了休憩也就离不开土炕。我出生于农民家庭，经常回家参与一些家务劳动。劳动后，母亲往往会把炕烧得热热乎乎的，让身困体乏的我美美地睡上一觉。一觉醒来，浑身舒活如往常。这个时候，如果睡了冷炕，那一觉醒来，人可就成了折尺，是一节一节的，胳膊是胳膊腿是腿，硬邦邦的，整个人好像拼凑起来的，走路都不协调。真是因为有了土炕，洮州人才在劳动时十分卖力，信心十足。在家或是出外都勤勤恳恳，吃苦耐劳，给外面的世界树立了洮州人能吃苦的形象。正如一位司机大哥说的，没有洮州人挣不来的钱。他说这话时，额角的皱纹差不多都舒展开了，眼里含着一汪自信的亮光。这是真正的洮州汉子的形象。

从农村的冬天走到冬天

冬日里的一只虫子

一场旷日持久的疾风吹过了村子上空，穿村而过的红浆河便缩手缩脚地停止了流淌，结了一层薄冰；那成群结队穿屋掠飞的鸽子竟然也懒惰地躲在屋檐下的巢窠里，眼睛半睁半闭地看着枯草烂叶随风飘落，没有出巢的意思。这样的天气过后，冬天就悄然来临了，像一张大网似的罩住了村子。我家或许是老敏家的那只沿街走动着寻找虫子的公鸡竟然在中午的村街上打起了盹，村街上再也没有虫子可找了，那些经历了无数磨砺的石子横亘在路上，冷得坚硬如铁，生硬地碰撞着觅虫的鸡的嘴和爪子。石子撞疼了鸡爪碰伤了一只躲闪的虫子的腿。这只虫子是一只回家的虫子，可是它被一颗坚硬的石子撞伤了腿永远地回不了家了，就一直藏在它看来是一块巨石的石子后面。它被那场旷日持久的大风吹得晕晕昏昏的，当它醒来时，它就完全迷路了。现在它成了一个流浪者，它认不出也找不见回家的路，那场大风改变了它眼中的一切。它只有停留在这村街的石子后面，这块石子已经和大地连在了一起，成了大地的一部分，也成了它眼中唯一的一块标识。它找不到原来的那些东西，也找不着回家的路，它只有等待，只有在危险中跨越冬天。也许过了这个冬天，再吹来一场旷日持久的大风，把原先改变的一切再改变成原来的样子，也把它吹回家，可一个冬天，危险随时随地向它袭来，一场大雪会覆盖它，一场霜冻会冻僵它，一头狂奔的牛会踩扁它，一只闲逛的羊会踢死它，那只沿街觅食的鸡会啄死它，一双走路的大脚会踏伤它，架子车、机械车的车轮会碾碎它……但它却不顾及这些危险的存在，而在渴望一场风，一场旷日持久的大风，改变冬日里那场大风改变的东西。

虫子要回家。

下了入冬后的第一场大雪，雪凝成了冰，虫子和石子都成了冰的一部分。又下了一场大雪，原先的冰就隐藏在雪底下成了危险的暗冰，暗冰很滑，不小心摔坏了一个挑水姑娘的腿。虫子暗笑这姑娘的时候，有人操起铁镐敲碎了冰，用铁锹铲起扬进了路边的水沟里，连同那只幸灾乐祸的虫子。春天到了，冰雪化了，虫子的躯体随同那肮脏的污水一同流进了小河，成了流水的一部分，唱着凯歌一路奔向大河。

寻家的虫子终于没有等到那场大风的到来，也没有等到春天的到来，更没有找到自己的家，成了一只永远也找不到家的虫子，跟随河水漂流着远去了。

一只馋嘴的羊

大雪一夜之间封住了原野，枯草烂叶全捂在了雪的被褥之下。那只馋嘴的羊儿吃不饱肚子，只有跑到灶房里或是后园里的菜架下，偷吃煮酸菜的干菜叶。偷吃干菜叶是羊儿的错，它不该偷吃那样的东西，在没有鲜菜的农村，干菜叶就是粮食。冬天到了，每家每户都要煮一大缸酸菜，用来调饭和剁豆面拌汤，把闲住了手脚和身心的庄稼汉人吃得嘴酸肚圆。于是，这只馋嘴的羊儿难免要挨主人的一顿棍棒，最轻至少也要挨顿臭骂的。可羊儿不管三七二十一，也不管你的棍棒，往往是好了伤疤忘了疼，依然寻找机会往灶房或是后园里跑。它这样嘴馋不光是为了自己，有一半是为了羊羔，馋嘴羊的羔一生下来就比别的羊生的羔壮大和结实。那些个嘴细羊生下的羔病恹恹的，遇到点病症还真活不下来。因此上，主人就因馋嘴羊的胎气好而不多追究它的嘴馋。

冬天过去了，向阳的草坡上钻出了一些鹅黄色的嫩草芽，羊儿们就一个劲地往那里跑，可馋嘴羊却站在一处塄坎上瞅着那空荡荡的菜架子，回味着冬日里嚼过的某一顿干菜叶，香到了脑子里。向阳的草芽子刚探出个嫩翠的头来，园子里的葱也就蹦出了地面。馋嘴羊调头往回跑，它看到了园子里那一垄嫩生生胖嘟嘟香辣扑鼻的葱叶。当羊儿们啃那短嫩的草芽啃得嘴闲不住的时候，馋嘴羊已经悄然回到了它们中间，满嘴香辣辣的，惹得羊儿们咩咩直叫唤。

夏天，草场的空气里充盈着草甜花香。羊儿们的一身肥膘滚圆滚圆的，在蓝天下的草场上浪来移去，惹得放羊人笑得像一朵刚开放的山丹花，喜在脸上，甜在了心里。

夏天的梦还没有做完，肃杀的秋天就蓦地来临了。秋天一到，羊群里的羊就一只只减少，但唯一减少不了的就是馋嘴羊，馋嘴羊就因它的胎气好而被主人看好不忍心卖掉它，不让它做刀下之羊，案上之肉。而是想让它多生几个肥壮的后代，延续羊群的兴旺。而它恰恰也是争气的，一年一茬羔，成活率百分之百，羊群里那些肥壮调皮的羊都是它的子孙后代。它们有一点都不像它，就是嘴不那么馋。

几度春秋，几度风雨，馋嘴羊把自己馋成了一只老羊，但它嘴馋的秉性仍然没有改变。年轻的时候因为胎气好主人不计较它的嘴馋，而老了仍然老毛病不改，就有点说不过去。终于主人对它的嘴馋开始讨嫌起来。

它的牙掉光了，料口也小了。这年它生下了一只弱小的羊羔，让主人灌着面汤喂养了多日，维持了一段时间，一口气未接上来蹬腿死了。连生下来的羊羔都养不活还养着你有什么用呢。终于，它被主人找了个借口，其实这也不用找什么借口的。它只不过是一只羊而已。那天它又跑进灶房偷吃掉了主人买来待客的蔬菜，让主人大大地丢了一回脸。主人一口气叫来了村里的屠夫，让屠夫用根绳子牵走了它。

向阳的地方草芽子又冒出了地面，羊儿们争先恐后地朝那儿跑。馋嘴羊向往地朝那儿望了几眼，失望地扭转了身。

羊群里自此就没有了馋嘴羊。

鸡和鸽子的命运不一样

呜嘟嘟，呜嘟嘟地叫了一个冬天的鸽子终于等到了春暖花开。农村人不怕脏，家家屋檐上都搭有几个鸽巢，鸽巢有用木板简单搭成的，有直接把纸箱剪个洞拴置于屋檐下的椽子上的。家中有了鸽子，就有了生机，给死气沉沉的院落增添几分活气。当你把大把的麦粒撒在院子里喂鸡时，鸽子就一只跟一只地扑棱棱地飞落于鸡群中间，跟鸡争夺那一口麦粒。当麦粒铺满院子的时候，鸡顾不上跟鸽子争夺，而是饥眉饿脸地啄个不停，而当麦粒减少了的时候，鸡就感到了危机，似乎才注意到了鸽子的存在，就扇动翅膀狠狠地去啄跟它们争夺口粮的鸽子。其实，主人给鸡撒下那一大把麦粒的时候，是考虑到了屋檐上的鸽子的存在的。很多时候，主人是把停在屋檐上的鸽子当成了自家喂养的家禽的。可是，鸡却不顾那么多，而是硬要把那一大把麦粒抢到口中，在鸡看来是鸽子抢夺了它们的口粮，鸡是永远也不会明白它们争夺到的那些麦粒其实是鸽子的口粮。它们以强凌弱，以大欺小，以家撵野。由于主人对鸡们的放任，它们便过高地估计了自己，便永远也不把鸽子放在它们小小的鸡眼里。

春花开了，鸽子便放任自己飞翔于广阔的天空中，不时地从邻居那只黑羊的身上收集褪掉的羊毛，衔来给自己未来的小宝宝盘巢做窝。荒白的大地露出了草芽，主人便断了鸡的麦粒把它们逐出了家门，让它们在绿茵茵的草地上去逐那可口的草芽，这时候的鸡吃了草芽便浑身透出一股馨香。而鸽子飞翔于高空寻觅着草丛里蠕动的虫子。鸽子的身体从冬天的饥馑中恢复了过来，准备孵卵。而鸡这时候最担忧的是它们那肥肥胖胖的身体吸引着不少人的眼珠子，不少人窥视着它们的生命欣赏着它们的身体。

鸡的生命完结的时候，正是鸽子生命得以延续的时候。

院子里鸡越来越少，除了几只生蛋的鸡，一把黄澄澄的麦粒撒在院子里外，鸡已无暇顾及。而鸽子更无暇顾及，它们正在为延续下一代而努力地用自己的身体静静地孵化着，它们忘却了饥渴，眼里只有那等待出蛋壳的小生命。下了一场雨，院子里的那一把麦粒被扫到了墙角发了芽生了根，把自己长成了一把草，嫩绿的草。院子里没有了大鸡，只有一群小鸡不谙世事地追逐一只飞蝶，叽叽喳喳地争吵着，你追我撵地好不快乐。而那孵卵的老鸽也引着两只小鸽跟在小鸡的后面，不争也不抢，拣食小鸡吃剩的麦粒，显得与世无争。

春天过去了，夏天过去了，秋天也很快过去了。小鸡长成了一群大鸡，鸽子也长成了一对大鸽子。它们又开始了口粮争夺战。但是，老鸽子指着田野里一小堆快朽的骨骸对小鸽子说，那就是那些鸡的前辈们的尸骨，它们活着的时候，不光吃尽了自己的口粮也争抢着我们的口粮，让自己长得肥肥胖胖的，结果呢，主人拿着刀子开始从它们当中选最肥最胖的宰了吃掉。而我们呢，平淡地过着自己的生活，孕育着自己健康的后代。不要为了一颗麦粒而争来争去，这是鸽子的生活哲理。

当鸽子飞翔于天宇中时，鸡很羡慕。当鸡争夺到一颗麦粒时很满足，当主人落刀的时候鸡就很后悔。但鸡永远是“饥”的，永远也吃不饱，命运注定它们既吃不多也看不远，只看到眼前而看不到长远，这就是鸡的命运。

鸽子死了也都是骄傲的。当再有一巢鸽子孵出来飞走的时候，老鸽子死在了屋檐上，像睡着了似的，更像是凝定在了那里，这种死令鸡羡慕得忘了自己是鸡。

一只羊的村庄

偌大的村子里只剩下了一只羊，就像是偌大的院子里剩下了一只漫无目的地乱爬的虫子。村子里剩下的一只羊是从屠夫手里溜掉的那只羊，它是半道上从羊贩子的车上跳下来的，它从羊贩子的车上一跳下来，就成了一只无主的羊，一只羊活到无主也算是活出了经验。因为无主，人人都称自己是它的主人，也都打它的主意。大伙的眼睛都盯着它，只要有人拿眼盯着它，就没有人敢打它的主意了。因为无主，它可以在村子里漫无目的地走来走去，时日一长，人们都认识了它，记住了它的模样。人们对它的称谓是村子里的那只羊，而不称它是自家的羊。没有谁会对它起歹心，要是谁对它起了歹心，它的生命也就活到了尽头，但是谁也不敢称它是我的你的或是他的，它享受着一只羊应该享受的生活。

林子大了什么鸟都有，村子大了什么人也都有。在偌大的村子里羊儿很寂寞。家家户户的外院里堆着一两个干草垛，有几只鸡和一群野鸟在草垛周围刨刨啄啄，觅拣遗留在枯草里未被老鼠吃尽的粮食，几番刨啄，鸡吃饱了卧在墙根晒太阳，鸟儿便展翅飞走了。而那只羊呢，从这家的外院溜到那家的外院，从这个草垛浪荡到那个草垛，走走停停，尝遍了各个草垛的味道。它是比鸡和鸟儿有眼光的，鸡和鸟儿看到的只是一两个草垛，而它想到的却是村子里的全部草垛。现在的它却不像以前要为一口草料跟别的羊争夺决斗上半天。没有羊和它争夺，也没有任何的牵肠挂肚。它知道，冬天很快就要过去了。冬去春来，放眼四野，满山的绿色是非常有诱惑力的，但是那样的诱惑它是不感兴趣的，因为它是一只偷生的羊，一只逃掉屠宰命运的羊，它还得时时为自己的生命而着想，在这容易上膘的季节，它不敢吃得太饱，也不敢让自己上膘，它有过让人垂涎三尺的时候，再不能第二次让人对自己有任何的想法和打算，这样想来它还真活出了经验。有人想把它据为己有，可是它不再是哪个人的羊，它是一只闲羊，一只没人管的闲羊，它漫无目的地在村子里转来转去，渴望有天能有人成为它的主人，但它不敢让想把它据为己有的那个人成为它的主人，那个人看上了它的一身膘，它从那个人的眼睛里读到了贪婪。

它不能再那样漫无目的地在村子里生活下去了，再那样下去真有人要对它起歹心了。它必须混进哪家的羊群，成为哪家的羊，它看到了老敏一家人的厚道，让老敏成为它的主人。它必须尽快褪掉身上的毛，让人认不出自己。要不然那个人就要对它下手了。它跟上了老敏家的羊群，成了老敏家羊群里的一只羊，人们偶尔忍不住要问一声，那只羊哪儿去了呢？它就忍不住笑起来，人们已经认不出它了。

它成了老敏家的一只羊。

也许，它还能在老敏家的羊群里无忧无虑地生活上那么几年，直到老死在哪一丛草丛里。

这是一只活出了经验的羊。

大地上的事情

我很农民地扛一把铁锨握一杆羊鞭，抑或是提一把镢头握一把镰刀漫无目的地走在田野上。我手里得拿一样东西，不然走在田野里会觉得心里空荡荡的不舒服。我在田野里走来走去，没有确切的目的也没有明确的目标，只是想在田野上悠然地很农民地转上那么一圈，因为我从小就在田野里长大，我是农民的儿子。于是在我转悠的当儿就发现了许多大地上发生的事情……

忙碌的田野

夏日的敏家咀，天气热得让人有点闷愣愣的。这样的时候我闲着也是闲着，没有什么活可做，只有到田野里、山坡上去转，看看野花的开放，望望天上云彩的飘荡，读读庄稼的生长，想想自己的童年。有时候我用肩上扛着的铁锨挖只马洋根，边削皮边吃，把嘴吃得麻麻涩涩的。山风徐徐地吹着，轻轻地拂着我的脸面，只是凉不到人的心里头，连额边的汗也吹不去。我爬在草丛里，放眼远望田野里那盛开的野花，思谋很早以前挖过一株山丹花的山坡，还有我丢过一只羊的山沟。我的思绪我的记忆此时忙碌得让我的脑子有点肿胀。

我在山坡上打几个滚儿，学几声鸟叫，让明媚的阳光轻抚我浮躁的身心。一群蚂蚁不甘示弱地在草丛里爬来爬去，有几只蚂蚁跑了很长的一段路，可就是找不见去路。也许它们在寻觅去年开春或是夏天拖过一只虫子的记忆，大地总是一年一个样，只要夏季有雨水淌过或是冬天有大风吹过，大地就会有些许变化。去年的一粒石子在蚂蚁窝的东边，可到了今年，石子却到了蚂蚁窝的西边，于是它们就找不见去年拖过一只虫子的地方了。去年它们拖的虫子也许是一只蜗牛，也许是一只蚂蚱。它们多么像这个世界上的人们，往往是得了好处就忘了给好处的人。蚂蚁们那样盲目地忙碌着，我毫不费劲地抬起手用两根手指夹起那块石子轻轻地放在蚂蚁窝的东面。那些个爬得晕头转向的蚂蚁，看到了石子，就像人打开了记忆一样，恍然大悟似的掉转了头，一骨碌地爬了过来。可去年拖过一只蜗牛或是蚂蚱的地方再也没有什么可拖的。只有几棵挡道的草棵子长着，在夏日的和风里摇来摆去的，草棵子的跟前有几株小草正在破土而出，探头探脑地看着阳光笑嘻嘻的，一只蚂蚁叉开大脚踏了过来，踩疼了它，它就使劲地摇了摇头，把蚂蚁摔倒在了地上，蚂蚁回身看了一眼嫩草芽子，不屑一顾地向前跑了去。蚂蚁是知道的，再过上一个季节，秋霜就要来了，秋霜是它们的敌人，它们是躲不过秋霜的。到那时候，那些在风中舞蹈的嫩草芽子就再也挡不住它们的道了。

一只蝴蝶在蚂蚁窝上面旋来飞去，它在寻找前几日早晨用露珠洗过脸的那朵花。那朵花偏偏就在它洗了脸的那天中午让一只羊儿吃了去。那朵花像是婴儿的一只小手，手心里每天早晨都会盛那么一汪露水，等着蝴蝶去洗脸。一只小小的尖嘴鸟儿发现了蝴蝶，悄悄地斜飞了来，一个横扑就把蝴蝶叼在了嘴里。它在叼蝴蝶的同时也发现了那窝忙忙碌碌的蚂蚁，尤其是那些个永远也不知足的蚂蚁发现尖嘴小鸟的时候，已经迟了，小鸟的尖嘴已经落到了地上。尖嘴小鸟像蹴在地里拾豆子的孩子快手快脚地，一会儿它的嘴里就拾满了蚂蚁。有几只跑得慢的蚂蚁还丧命在了尖嘴小鸟的利爪下，直挺挺地躺在了去年它们拖过一只虫子的草棵旁。尖嘴小鸟得意洋洋地拾豆子似的拾着蚂蚁，殊不知一只觅食的老鹰已经呼啸着俯冲了下来，突然，不知是尖嘴小鸟还是鹰叫了一声，鹰飞走了，尖嘴小鸟不见了，地上乱跑的那些个蚂蚁也不见了。忙碌的田野在那一刻变得静谧极了，好像什么事情也没发生过一样。我闭了眼仍思谋我的事情，任凭思绪飘来飘去。

田野里安静了，我的思绪却闲不下来了。

愁死的鸟儿

那些年轻的男人都出远门走了，老人和女人像看家护院的狗儿哪儿也去不成。静静地守护着庄院守到了秋天，眼看着庄稼一天比一天黄，收割吧却人手不够，也力不从心，人们心焦得把胸腔都烤着了。老人愁，女人愁，孩子们愁。村子里都愁云密布了。

一天早晨，村外老树上落了一群鸟儿，那叫声凄凄楚楚的，听着怪怪的，细听像人在喊："旋黄旋割"。鸟儿这一叫，把人的心儿就叫乱了。鸟儿都这样叫了，哪还有不割的道理。于是家家户户老老小小一下子扑在地里割麦子。人们割得越起劲，那鸟儿就叫得越起劲，简直像催命鬼似的催着人们，把人们的心催乱了。人们也不知道哪儿来的这种鸟，偏偏就落在他们的村子里，从早到晚地高叫着。上了年纪的老人说，那鸟儿叫割田阿婆。碰到割田阿婆叫的年景是要落冰雹的。割田阿婆是替人愁，麦子割不完，它们就不会停止警告，会一刻也不停地叫下去，直到最后叫得吐血而亡。它们那样叫着，叫得人心焦心乱也心烦，而它们自己到最后也得吐血而亡。真不知这个世界上还真有这么一种鸟儿替人愁着。要等到下冰雹的时候它们才会停止那愁苦的叫，那得等到啥时候。

有鸟儿替人愁着，替人喊着，替人张罗着，人们就没有理由不拼了命割，你割得慢了，那鸟儿就得愁死。你割完得快，那鸟儿说不定还真能活下去。

还真有人不相信老人说的话，不相信老人话的人是些永远也不出门的闲人。家务拉得马马虎虎，生活过得稀里糊涂。他们才不信鸟儿的叫声呢。别人家的麦子连天连夜地割完了，而他们依然在地里不忙不紧的。老人的劝告对他们没有一点儿作用，割田阿婆那凄苦的叫声对他们没有一点儿警示。鸟儿还能知道大地上的事情，这不是笑话吗？他们这样嘲笑那些个害怕鸟叫的人。

一日午后，天气热得叫人受不了，热汗从背上流下，有人昏昏欲睡地抬不起头来。这时候割田阿婆叫得越起劲了。那些个闲人就丢了镰刀躺到地头上脸上遮上草帽沉沉地睡去了。忽然浓云从东面的山头上涌了过来，割田阿婆凄绝地叫了几声，就再也没有声息了。

一阵炸雷响后，鸟蛋大的冰雹砸了下来，那些没有割完的麦子全被冰雹砸烂在了地里。闲人们从地头里爬起来，抱头往家里跑。冰雹停了。人们才想起那些个叫声凄绝的割田阿婆来。可是，人们再也听不到它们的叫声了，它们在冰雹落下的那一刻全愁死了。

鸟儿对人类有着那么大的愁肠，而人类对鸟儿有愁肠的能有几人呢？鸟儿为人的生存能舍命不顾，而为鸟儿的生存舍命不顾的能有几人呢？

每年田黄的时候，村子里的人们就不由自主地想起那年割田阿婆凄绝的叫声来。想也只是想一想，想过也就想过了，再也没有人忆起那曾经提醒人割麦的割田阿婆或是叫愁死的鸟儿了。

没有方向的风

大地上最耐不住寂寞的是风儿。

大地上最能耐得住寂寞的是那些个闲人。

风儿是最耐不住寂寞的，但也是最没有方向的。风儿吹起来没有方向的时候，闲人们就蹴在阳婆旮旯里谝闲传、说闲事，像开了花的向日葵，随了阳婆转过来转过去的。风儿把墙头上的冰草吹得东摇西摆的，不知朝哪个方向倒去。而闲人们也像没有方向的风儿忽左忽右地在村子里走来走去，不知该干些什么。树静了草静了，风儿却静不下来。我看到过我小时候从作业本上撕下的一页纸在空中飞翔的样子，那页纸是我撕下来准备叠纸飞机的，可是我还没有叠好，它就被风儿旋上了天。它先是在空中直挺挺地飘荡，而后随风儿忽左忽右地飞翔，它飞得还真比我叠的纸飞机要稳当，最后它被大树的枝杈挂在半空中像手帕似的飘荡了好多天。后来是不是来了一阵有方向的风儿呢，就不得而知了，反正那页纸不见了。闲人们一年到头总是挪不出村子半步，出了村子好像对他们有多大的不利。好多人出了远门挣了大钱回来了，家中添了好多新家具，把家中打理得亮亮堂堂的，而闲人的家中永远像一个窑洞似的黑咕隆咚的。那些上了年纪的老人常摇着头说，这些个闲人总像村子里没有方向的风儿，始终走不出去，一辈子下来也说不清活了个啥。没有方向的风儿是吹不到远方的，虽然它是耐不住寂寞的，但它吹起来的时候多像一个好动的孩子，总是动而不歇，没有方向。

乱风没有方向，闲人没有目标。

迷路的公鸡

春天到了，田野里的蛆蛆虫虫活泛了起来，朗朗地笑着，咯咯地笑着，嘻嘻地笑着，嘿嘿地笑着，把山坡上的小草田里的庄稼惹得笑弯了腰。清晨，一只公鸡听到了蛆蛆虫虫们嘎嘎的笑声，拍了拍翅膀，昂首挺胸地走出了大门。它想寻觅那些嬉笑着的蛆蛆虫虫。它勾了头睁大了眼睛一路向田野里走去。村道、树巷、田间、小河……它都一一走过去了。一路上它读着那些个蛆蛆虫虫恐惧和祈求的眼神，神气地啄食那些来不及窜走飞跑的虫儿，品味那些虫儿的肉香，只一会它就吃饱了。正是应了人们常说的那句话："鸡的嗉子老鼠的眼——吃不多看不远"。吃饱的公鸡心里想着田野里的吃食那么丰富，田野的风光那么美丽，田野的空气那么清新，田野的风儿那么和煦，它像自然的一个宠儿，处处享受着主人的礼遇。在家里的时候，它还从来没有吃过这么多的虫儿，也没有欣赏过如此美好的风光。很多时候往往是主人撒一把秕麦粒让一大帮鸡争夺着吃，有时候它们兄弟姐妹们为了一口吃食争得面红耳赤，更多的时候大打出手，打得头破血流。现在呢，没有鸡争，没有鸡抢，更没有人盯着呵斥它们。此刻它的心情是多么的舒畅啊！穹庐是多么的宽广！田野是多么的无垠！田野就是它的家，公鸡走在田野里，就没有回家的意思了，它要浪迹天涯，在大地上不停地走下去。它在家里的时候就没有这样宽广的眼界，整天围着一群母鸡转来转去，瞧都瞧出了毛病，多么没意思。就在那个小院落里，抬首只能望见巴掌大的那么一片蓝天，那么几朵白云；低头也只能看见四周低矮的院墙，还有院子里的那棵杏树。很多时候，那些叽叽喳喳的麻雀在杏树上跳来跃去的，叫得很欢，那就让它羡慕得不行。现在它就要这样走下去，永远地走下去，它再不回那个只能望见巴掌大的那么一片蓝天的院子。

公鸡就这样在田野上一路走了下去。

公鸡不知走了多久，反正饿了有虫儿吃，渴了有清澈的河水、泉水和露水喝，并且耳边也少了呵斥和吵闹，耳根倒是清静了许多。可它偏偏忘了老人的一句话：“圈养的家鸡放养的羊”。假如一只羊赖在家里不肯去山野里吃草养膘，那它也就活到头了。而一只鸡不想待在家里，一个劲地思谋着往外跑，那么它也就活到头了。山野里的那些个黄鼠狼、野猫子、野狐、土豹子、鹞子、山鹰都在盯着它的那一身肥肉。它从小生长在没有危险的庄稼院里，看得最多的也只是杏树上的麻雀房檐上的鸽子。即就有山鹰，也只能远远地在天空中馋馋地看看它们的身体垂涎不已，无可奈何。因此，它从来就不知道什么是危险。

公鸡兴高采烈地走在田野上，那些矮小的野鸡看见它的时候，自惭形秽地躲避着它的目光，悄悄地窜走了。它多像一个绅士，迈着方正的鸡步，跨过碎草，跃过小沟，昂首挺胸地走着，向着太阳的方向一路走去。危险正在向它袭来，然而它还沉浸在向着太阳迈进的美梦里，没有想到也没有看到危险的到来。黄鼠狼在跟踪它，野猫子在窥视它，鹞子、山鹰在盯着它。

黄昏到来了，太阳疲倦地退下了西山，晚霞映照着山野。公鸡走得累了，寻着一处草棵子身心疲惫地闭了眼睡觉。

眼馋公鸡身体的黄鼠狼、野猫子、野狐、土豹子、鹞子、山鹰都来了。

公鸡在睡梦里连叫都没有叫一声就在草棵子旁失踪了。

山野里静得一如平常。一羽美丽的鸡毛在暗淡的夜色里随风飘荡着，像是一只找不着家的花蝴蝶，翩翩飞舞着飘向远方的暗夜里。

最后的喜鹊

两只喜鹊拖着长长的尾巴飞荡在村子里，嘎嘎地叫着，悲号着。许是在寻觅同伴，也许是在寻觅同林的鸟儿，但是没有一只鸟儿回应它们的呼唤。那凄绝的叫声就像失去了孩子的母亲在空旷的田野里高呼自己孩子的名字，是那么撕心裂肺地哀恸。

村子里喜鹊最多的还是在生产队的时候，那个时候村子里长着许多高大的白杨树和柳树，树杈上搭着喜鹊和乌鸦的窝，你来我往地好不热闹。在喜鹊和乌鸦娶媳妇的时候，它们就整日飞旋在高空中，喜悦地叫闹着，把整个天空吵翻了，偶尔也会给路过的人们丢一泡白色的粪便在头上，让此人倒霉上好多时日。后来，包产到户了，土地分到了个人名下，村里的大树也分给了每家每户，于是有些人就抡起那宽刃大斧把大树一棵一棵地放倒了，树倒下的同时，喜鹊和乌鸦的窝也摔下来散了架，那些还没有长出羽毛的小鸟就摔死了，大鸟们没有了地方筑巢。

人类是不可能知道喜鹊为了什么悲号。正如不可能知道大地上有些植物的干枯一样，其实人类是不会注意这个世界上有些事情的变化的。人类是最粗心的，就说村子里那一排排的白杨树吧，说砍就砍了，说没有就没有了。直到有一天，有人站在村街上突然说，这几年村里的树少了。有人就接上话茬说，鸟儿也少了，喜鹊啊麻雀啊的没有了。有人说，村子里就剩两只喜鹊了。有很多人还真没有注意过这两只喜鹊。有人就听到喜鹊嘶哑的叫声了。

一群孩子说："我们在黑刺棵子里发现了喜鹊的窝。有人说，那也太小儿科了。其实，在黑刺棵子里做窝那不是喜鹊的作风。但那是没有办法的事。村里的大树砍完了，就剩那矮矮的黑刺棵子了，你不在那儿做窝能在哪儿做窝呢？

喜鹊把窝做在了黑刺棵子上，就等于是向那些淘气的孩子们自投罗网了。

喜鹊苟活着整日嘶哑地嘎嘎叫着，向这个村庄祈求着，退让着，悄悄地繁衍后代，却一再地被那些孩子们扰得不得安生。它们没有了家，没有了退路。

有人悄悄地蚕食黑刺林。一个冬天过去了，黑刺林就从那片山坡上消失了，只剩下了斑斑点点刺人眼目的刺茬桩。喜鹊最后的憩息地从人们的视野中消失了。村庄里的最后两只喜鹊最终也没能守护住自己的家园，村庄也没能守护住悲号的两只喜鹊。这是人类还是喜鹊的悲剧呢？

这以后村子里就再也没有出现过喜鹊的踪迹。

一只山羊和两只绵羊的故事

山羊不搿绵羊，就是说山羊无论如何也不会和绵羊走到一块儿。但世上的事也有说不清道不明的时候。偏偏有只山羊和两只绵羊却搿得来，也合群，时常一起出门、一起上山、一起吃草、一起回家，在远山里让人分不清哪是山羊哪是绵羊，山羊搿绵羊这就让那些劳作了一天晚归的人们觉得有点奇怪，也说不上个所以然来。按照常理，山羊是不搿绵羊的，是合不到一起的。

山羊不搿绵羊，但有时候山羊也是搿绵羊的。说一件我小时候放羊时遇到的事。那个时候，家家户户都养羊，养羊的目的其一是为了攒粪，其二是为了剪羊毛换点油盐钱。我家里养了二十几只绵羊，但没有养山羊，照父亲的话说是山羊嘴馋，爱偷吃家里的东西和田野的庄稼，遭人的骂多。绵羊腼腆好放养，嘴又不馋，但有一点，绵羊是一年一胎一羔，山羊一年两胎，是双羔。养山羊比养绵羊划算。但人们就是不养山羊养绵羊。其实，从心里说，我们放羊的孩子也不喜欢养山羊，山羊爱摸溜，一不留神，它就溜到谁家的庄稼地里去了，让人的心猛跳上一阵。

越是害怕越是要养山羊的，父亲把一只不知是哪儿牵来的山羊带回了家里，放在了绵羊群里。绵羊远远地看着，离山羊远远的；山羊也离得远远地看着绵羊。母亲笑着对父亲说："山羊不搿绵羊，你偏偏要把只山羊往绵羊群里放，这不是做作和闹笑话吗？"父亲笑着说："先赶上两只绵羊和这只山羊亲热几天，看能不能山羊搿绵羊。"

从那以后，父亲就赶着一只山羊和两只绵羊放养，看能不能合得了群。

放养了一个礼拜，山羊还是能搿绵羊的，父亲就把山羊合在羊群里放养，但山羊性子急走得快，常常跑在绵羊的头里，吃的是头茬草喝的是头道水，把自己养得肥肥胖胖的，尾巴弯到了后背上。有人见了肥肥胖胖的山羊就说蛮有肉斤的，看着叫人眼馋。父亲笑着赶上他的羊群往山里走，自言自语地说："到上冬再说吧，到那时候，我的山羊就是几只了，看把你们眼馋的。"

但这只山羊却没有等到上冬。那年秋后，也正是雨季，下了三天三夜的大雨，把羊在圈里圈了三天三夜，雨后父亲把羊赶到了山上，羊群像是饿急了的蚂蚁，在山上急急匆匆地吃草，吃着嘴边的眼望着远处的，像是永远也吃不够似的。但吃着草山羊就跑到一处沟里去了，那两只绵羊也跟着去了，这是父亲后来说的。绵羊跟着山羊到了沟里，就爬不上来了。但山羊很晚才爬了上来。山羊回到家里已是半晚上了。浑身让红泥裹着，一只白山羊变成了红山羊，父亲转身到圈里数了数羊，唯独缺了那两只绵羊，父亲就知道是这只山羊引着去了那条深沟。父亲知道，绵羊到了那条深沟里不是被山水冲走就会被淤泥淹没的。父亲急忙拄上一根棍子拿了手电筒往那条深沟里去了。天亮时，父亲回来了，满脸的怒气，看来羊没有找到。母亲看着父亲轻轻地问："羊是不是没有找到。"父亲气愤地说："找到了，在泥里卧着呢。"母亲沉着脸说："先吃饭吧。"说着把饭端到了父亲的手上。父亲接过饭碗扒拉了几口说："再不宰就会把我的绵羊带完呢。"说完放下饭碗出门去了。母亲追到大门边说："我去放羊吧？"父亲头也不回地说："先等一会，饿不死。"母亲悻悻地回到家里，不敢多问。

只一会工夫，父亲大声喊嗓地回来了，身边跟着一个人，是村里的一个羊贩子。父亲指着浑身是红泥的山羊说："就是这只山羊，昨天把我的两只绵羊带到了红泥沟里给淹死了。今天你宰了，皮子和杂碎归你，肉归我。"

就是这只山羊，由于两只绵羊的死，父亲就迁怒于它，把它给宰了。也许如父亲所说是这只山羊把那两只绵羊带到了沟里，也许是两只绵羊自个儿下去的，但现在没有人知道，山羊也不会说，更不会争辩。只有等着挨宰了。

自此，羊群里就没有了山羊，只有绵羊腼腆地繁衍生息了。

山羊不搿绵羊，还是绵羊不合山羊，再也没有谁能说清楚了。

屋檐下的麻雀

绝迹若干年的麻雀突然出现了，而且是一群一群地出现的，这是一件令人兴奋的事儿。

最初见到绝迹的麻雀是在老家的屋檐下。春天，大地苏醒了，万物苏醒了，生灵也显出了它们的活气，有精有神的。一群麻雀在树枝上叽叽喳喳的，吵个不停，像是在争吵一件有趣的事，又像是在回忆一件遥远的过去很久的事。有几只麻雀在屋檐下飞进飞出的。女儿看着麻雀说："这些鸟儿急急慌慌的飞啥呢？"母亲接过话说："麻雀在盘窝呢。"早年的麻雀都生活在屋檐下，在屋檐下掏了好多洞。天一亮，麻雀就会把人吵醒。那个时候，人往往睡不醒，人睡不醒有睡不醒的原因。那个时候，各样的活儿多，晚上头一挨枕头就睡着了，不像现在吃饱了肚子没事干，晚上也就没有个好瞌睡。那个时候睡着了最害怕让人吵醒。人吵醒了还可张嘴骂人，但让麻雀吵醒了就不能张嘴骂人了，只有抄起一根棍子狠狠地捣麻雀的窝，或是封了麻雀的窝，让麻雀没有窝可做。但麻雀还是有劲力的，你这里封窝，我这里就挖窝，反正让你安静不得。现在好了，情况好的人家都盖了钢筋水泥的房子，麻雀就没有了办法，只好到塄坎上掏洞、墙缝里掏洞，把窝做在了塄坎上或是墙缝里。我的老家的房子是旧式的，房檐是用木柴铺的，有很多缝儿，麻雀就千方百计地掏洞，进进出出、叽叽喳喳。三弟看着有些烦，但父亲看着麻雀进进出出特别地繁忙，眯着眼睛笑着说：“有了生灵的房子就有了活气。”父亲说：“早些年这房檐下的椽条上还盘过燕子窝呢，燕子是南鸟，很少在我们这里生活，但就有两只燕子却在我家的椽条上做了窝生活了一段时间。这几年鸟儿都不来了，有些鸟儿也不存在了。每到春天，父亲就坐在房檐下等待着鸟儿前来盘窝。但总是没有等来。现在麻雀来了，父亲的脸上就有了笑容。

麻雀盘了窝就正式在我家的房檐下住了下来，闲时，父亲看着院子里跳跃的麻雀对母亲说：“你快看，这些麻雀都是城里的麻雀。”母亲就有点惊奇。父亲指着院子里一只跳跃着东张西望的麻雀对母亲说：“你看，早些年，我们农村的麻雀浑身都麻乎乎的，肚子底下是白的。但现在这些鸟儿浑身都黑叽叽的，是让城里的烟雾给熏黑了的，浑身没有一点儿土色。母亲眯着眼看了一会说：“你一说就觉得和以前的麻雀不像，也没有以前的麻雀机灵。”父亲笑着说：“城里人和农村人都有很大差别呢，何况是鸟儿呢。”母亲说：“城里的鸟儿能回到农村来，这说明城里也比农村好不到哪儿去。”父亲若有所思地点了点头。

自从麻雀来了以后，父亲就睡得很香。

自从麻雀来了以后，老家的小院里就有了无限生气。

自从麻雀来了以后，就让人有了思忆童年的记忆。

带进城市的布鞋

昨日翻腾旧家什，从搁置于床下的纸箱中翻出了多年前穿过的一双千层底布鞋，轻轻地磕碰了几下，抖落了些许土粒，黑黝黝的。我闻了闻，是家乡黑土的清香。在这以前，我常想回趟家，带些家乡的黑土回来种些花草什么的，但总是被自己以工作忙推辞着没有成行。我又看了看，千真万确，是我家那块洋芋地里的土。那年，我进城等车的当儿，一泡尿憋得紧，因肥水不流外人田，我就在自家洋芋地里撒了那泡尿，鞋底就粘上了洋芋地里的黑土，并带进了城里。进了城，布鞋既笨又土，经人介绍去见一位姑娘时，人家偏偏就注意到了我那双布鞋，注意到了我的大脚。对象没谈成，人家姑娘给介绍人的回话是嫌我脚大。我听了以后，觉得那姑娘说得也对，我是农民的儿子，从小就进山钻林参加劳动走大了脚，我的大脚怎能匹配人家那三寸金莲呢？拉倒了不谈你。后来，挣了钱，第一件事就是买回一双亮铮铮的皮鞋。从此以后，再也没有人注意过我的大脚，也没有人提过我脚大的事。那双布鞋先是放在卧室里当拖鞋，后来母亲进城，我从母亲看那双布鞋的眼神中觉察到了我的作为践踏了她的尊严，愧疚之余又把它放在了鞋架上，可鞋架上鞋多了既不美观又成了累赘，干脆放进纸箱里塞在床底下，眼不见心不烦。

我的脚生有鸡眼，满脚掌都是，医生告诫我买双布鞋穿上，但我跑遍鞋店也未买到一双合我脚的布鞋。可就偏偏忘了塞在床底箱子里的母亲亲手纳的千层底布鞋。今天，有些人穿布鞋是为了赶时髦，而我穿布鞋是为了治病。买不到布鞋，我只好忍痛穿上明铮铮的皮鞋，在坚硬瓷实的水泥路上雀跃似的走路。鸡眼疼久了，就对穿皮鞋有了一种切肤的畏惧心理，可又不忍再让母亲做双千层底布鞋。母亲毕竟年岁大了，哪能做穿针引线的事呢？可除了母亲谁也做不出合我脚的布鞋。妻子不能，她是家中的老小，从小长大就衣来伸手，饭来张口。自做了我的媳妇后才学会了做饭，那不过是一日三餐形势所迫而已。可针线活没有吃饭那么重要，学起来不容易，也学不好，她也就不学，只是在我脚上生了鸡眼疼得走不成路时，她才急得干瞪眼。有那份心我也就足够了，要她做双布鞋那是赶着鸭子上架——强人所难。我只有找鞋匠定做了，可鞋匠做的布鞋那叫千层底吗？不是，那叫光板底，穿到脚上硬邦邦的一点也不舒坦。

想着鞋匠做的硬邦邦的布鞋，我脚掌上的鸡眼又开始疼了。说到底，还是母亲做的布鞋穿上合脚、舒坦、柔和、耐磨、不走样。翻腾出这双布鞋对我来说是一大幸事，穿到脚上更是一种至高无上的光荣。现在的年轻媳妇是做不出这样乖巧的布鞋的，只有我母亲年轻时的那个年代，女人们比着针线的那个时候，人人才穿这样的布鞋。我把这双布鞋捧在手里翻里翻面看了好多遍，从鞋底的绳缝中看到了母亲纳进的汗迹和在头上润针的油渍，我闻了闻，闻到了母亲那彻夜劳作的气息和亲昵的关爱。

我穿上母亲多年前做成的这双布鞋，在坚硬如石的水泥路上稳步地走过来走过去。人们把目光都定格在了我的千层底布鞋上，既羡慕又忌妒。

我想对人们大声说："这千层底布鞋是我母亲亲手做给我的。"

我又想对人们高声喊："我有一位会给儿子做千层底布鞋的母亲。"

乡村笔记

离开村子屈指算来已有十五个年头了，这十五年里有些人活着，有些人殁了，也有些人离开了村子。但不管是活着的殁了的还是离开了村子的，他们中的一些人却一直鲜活地在我的记忆深处，让我思谋着回忆上一番。

尔飞叶和法个

尔飞叶和法个是年龄相仿的两个女人。

前段日子，村子里年龄最大的一位老人去世了，我被家里叫去送“埋体”。搭车去了。村子里很安静，也很洁净。在亡人的家里，上了年龄的老人都来慰问亡人的亲属，表情很严肃，唯有一些不谙世事的顽童在追打嬉闹，当然他们也许不知道人去世是怎么一回事，只知道人殁了是要埋进土里去的，还有小钱要散给他们的。在那顽童的追打嬉闹声里我听到了一个熟悉的声音。“这娃娃们也真是的，出去要去。”是法个在那里训那些个顽童。我扭头瞅了一眼，看见法个和尔飞叶并肩走了进来。法个穿着光鲜，尤其是一双黑皮鞋擦得铮铮发亮，脸上未见老相，脚步轻盈而快捷。尔飞叶紧随法个身后，穿着以前的旧物，但也很整洁，抄着手，一双千层底平绒鞋的鞋帮上有一层淡淡的红土痕迹，显然他是刚从地里拔草回来。脸上布满了皱纹，但也显示着淡雅与肃穆。这是两个命运不相同的女人，但也是两个都与命运相抗争过的女人。这里不说她们的命运，就说说当年她们影响整个村子的一些轶事吧。

尔飞叶和法个是村子里的两个女强人。干活她们干在别人的前面，挣工分她们比男人们挣得多（村干部除外），嘴巴子也是村里最厉害的，让人记忆犹新的还是她俩骂街。现在一一回想起来，她们骂街骂得真有点水平。她俩骂街的水平旗鼓相当，在当时是无人敢叫板的。男人们骂不过，女人们更骂不过。男人骂不过了就说好男不跟女斗。而女人骂不过了又怎么样呢？不会甘拜下风而是胡搅蛮缠让你受个够。但她们则不一样，她们可以从早上睁开眼睛骂到日落西山绝无一句重话。因此上，她们家的男女老少别人是不敢轻视更不敢招惹的。

人，忙了能忙出光阴，闲了也能闲出祸端。那个年月，我记得是土地还未下放承包。冬季里挖过踏灰以后人就有了几分清闲。冬季里日头懒洋洋得像只大瓦数的灯泡有光无热，然而冰凉的风中却带着丝丝暖和的迹象，似有春天的一点气息。这个时候人们在家里是蹴不住的，尤其是小孩子们就相约一起打

“蚂蚱”，打“蚂蚱”是乡村儿童喜爱的一项游戏活动。“蚂蚱”是6~8厘米长2厘米粗，两端削尖的小棍，另用长40厘米宽8厘米，一头削成把柄作击打“蚂蚱”的木板，称“蚂蚱板儿”。游戏时将“蚂蚱”平置于地面，用木板击打“蚂蚱”一端，使之弹起，趁势将“蚂蚱”击向远方，用木板丈量其距离，击得远者为胜。轮番击打，不亦乐乎。而观看的大人都为自己的孩子鼓劲，胜了的兴高采烈，喜气洋洋；输了的垂头丧气，吹胡子瞪眼。看的时间久了，输方孩子父亲就觉得脸上无光，骂骂咧咧地训斥起自己的孩子来，顺便把赢方的孩子也捎带着骂上那么一两句。这样一来二去的，赢方的一个孩子就瞅了几眼骂人的大人，并顶了几句。那个大人吃不消被一个孩子犟了嘴，便起身扇了那个顶嘴的孩子两个耳光，这一扇可就闯了祸了。那个孩子的娘的脸气得青紫青紫的，一边骂一边走过来。听着是骂自己的孩子，实际上是骂那个人。“你黄嘴子娃娃，黄毛才褪了几天，你就神气了，不得了了。你又不是石头缝里蹦出来的，娘老子还管不了你了。你看你那个尿样子，不像是娘胎里出来的，像是什字街上拾下的，有人养没人管的东西，把你娘的鞋帮子都丢尽了……”她这样站在大场里指桑骂槐地骂了两个多小时，骂得那一群孩子站在原地瞅着脚尖不知所措，骂得那一群大人手足无措。她骂了个酣畅淋漓，直到她自己觉得解了恨出了气才扭身出了场门。

这个骂人的女人便是法个。

最有趣的一次骂街是法个和尔飞叶的对骂。我奶奶说她活了70多岁从未见过如此厉害和有水平的对骂。我奶奶说那骂不叫骂，那叫唱。法个和尔飞叶是何时臭了的谁也不知道，反正她们两家的男人没有臭，就她们两个臭了，听说是为了一背篼树叶的事。那个年月，农村冬季取暖就靠一盘大炕。把炕烧得滚烫，是一个女人的本事。一背篼树叶烧一天炕。在当时你说两个女人能不变脸吗？遇到现今，树林里的树叶被风卷集着飘上飘下，无人理睬，也无人烧炕了，更无人为争一背篼树叶而寻臭了。

法个和尔飞叶的对骂是下午迎羊回家的时候开始的，仍然是为了一件屁大的事。那天中午，尔飞叶到田埂上去割牛草，顺手摘了法个家的大豆吃了，法个眼尖看到了，便尖声吼骂了那么几句，尔飞叶的心里就坐下了气。下午迎羊的时候，尔飞叶站在屋顶上瞭羊归来。法个和一群儿童站在村口的大白杨树下望着晚归的羊群嬉笑着，脸上洋溢着一种自满和得意的神色。晚归的羊儿在头羊的引领下鱼贯进村，像凯旋的军队那么有秩序。羊儿入了圈，庄稼汉的心也就放下了，只剩下庄稼院里的事了，各有各的事，谁也不干涉谁。但是这时候，尔飞叶坐在屋顶上想着法个骂她的事，心里就有些许的不快，她是个永远也不吃亏的人，让法个骂了几句，她觉得羞人得很，就忍不住居高临下地向法个讨个说法，但法个偏偏也不是个好平的茬，更何况两个相臭的人，那就不能忍让和留情面了。

“法个你站一下，今个儿就顺手摘了你家地里的几把大豆，看你骂的，不就是一把水货又不是啥值钱的金豆银豆，明个儿我摘几把嫩豆子还你，把你的牙缝塞满，叫你张不开口。”尔飞叶这一叫板可就叫来了村史上绝无仅有的一次大规模叫骂。

“我家地里长的是水货，你家地里生的是干货？是干货咋就烂了呢？水货、干货不是你说了算，而是由先人们积修的，先人没有积修下，指望干货也是枉然，要骂就骂先人去，先人鞋帮子歪了，怪谁呢？怪先人，先人积修不好，自己掘八辈子先人的坟去。”原来尔飞叶家的男人小腿上长了个疮，常年淌脓，并连着生了六个女儿。法个就捎带着骂上了。这一骂就不得了了，尔飞叶就哗地像泄闸的洪水一股脑儿地发泄了。她笑着，那种笑看着让人心扇子抖。因为尔飞叶不是个好惹的茬，再加上时而显露的那种龇牙咧嘴的笑，让人有点心颤。在这种时候谁也不敢上前劝架。其实，在那个时期，很多人还是盼望一年有那么一两次大声喊嗓地骂街。借以释放内心的焦躁和不安。也只有在这时候，家家的男男女女、老老小小涌出家门，或怀抱婴儿蹲在墙根下，或手携小孩斜靠在巷边的大树上，齐茬茬地观看一场由一点小事引发的纠纷——女人的纠纷。要是换了别人，这点小事是引不起任何纠纷的，但偏偏是硬茬遇上了钢茬，硬碰硬，就没有人敢上前劝架了。尔飞叶脸色红中透白，浪笑着骂开了：“先人没积修，积修下的白识货，不清头，把八辈子先人的坟掘开了瞭一瞭，看先人的筋上缺了啥，瞭不清头掰开娃们的牙板数一数。”法个家的一个儿子有点智障，脑子不大清楚，说话也有点不大利索。

就这样法个和尔飞叶从人骂到了牲口，从大人骂到了小孩，从小孩骂到了先人。围观的人们像看戏似的交头接耳地谈论两个人的骂功。

法个和尔飞叶是村里女人中的母老虎，是无人敢惹的茬。现在两个女人竟然干上仗了，人们就只有看两只母老虎的好歹了。这两个女人虽然是母老虎，无人敢惹，可许多方面女人们不得不服，她俩干活从来就不知累，背粪割黄田，她俩一个人顶两个人。在那个年月，别人家的孩子饱一顿饥一顿的，而她们的孩子却天天有饱肚子吃。那时候有很多孩子想：有个能干活的娘该有多好啊。

一晃多少年过去了。法个和尔飞叶都让岁月磨砺成了老人，但她们的精神却永远那么矍铄，气质干练洒脱，使自己永远不输给光阴。但是，随着光阴的流转，不同的时代使她们成了同一种命运的人，又使她们成了命运不相同的人。光阴也好，时代也罢，她们还是她们，毕竟她们曾经年轻过，也有过自己的名气。现在她们上了年纪，成了这个村庄的一部分，永远再也分不开了。

老了的她俩谁也离不开谁了，成了一对老伴。

赛里木阿爷

在我的记忆中，赛里木阿爷精神矍铄，乐观向上，整天笑哈哈的，像永远没有心事一样。他穿着虽然很旧，但却干净整洁，没有泥点。他是不大喜欢打扮自己的，更不喜欢穿着光鲜，那样的话他就觉得不自在，出不了大门。这可真难为了儿孙们了，可他就是不管那么多。

赛里木阿爷爱劳动，一生劳作不辍，没过过几天消停日子。虽然那样忙碌着，可他的家境在村子里一直不是太好。记得我接到大学录取通知书的那些天里，亲朋好友和庄村邻居都来为我送行，唯独缺了他。可当我在村口的公路上等车时，赛里木阿爷来了。他拿着攒之不易的五元钱前来送行，我知道他的那五元钱确实来之不易，我感动得热泪盈眶。这一细节曾在我以“二爷”为题的散文中做了详尽的记述。昨日翻阅几年前的刊物，发现了赛里木阿爷送我的那五元钱，竟然夹在我发表的散文处女作《悟》的刊物里，崭新如初，让我激动不已。

赛里木阿爷是村子里人对他的称呼，而我们弟兄则叫他二爷。赛里木阿爷和蔼慈祥，为人随和，时常笑眯眯的，好像他永远没有过烦恼。再加上他那一把银须和两道浓密的长眉，就像儿时奶奶讲过的古今里的白胡子阿爷，让人浮想联翩。

还是讲一件小事来说明赛里木阿爷的为人吧。村里上了年纪的人常提起他，也常称赞不已。听人说大概是20世纪60年代的事。那个年月是三年困难时期，人人吃大食堂，人人饿得皮包骨头，甚至有人被饿殁了。山里的野菜连根挖着吃了，转悠上半天找不到一棵野菜，不像如今野菜长在大路边肥硕地向世人展示着它们的丰满身姿，人们无动于衷，只是在那个年月挨过饿的人偶尔聚在一块提起那不堪回首的岁月时，才对那路边的野菜产生几分感情，毕竟野菜救过他们的命。可就在这样的年月里，赛里木阿爷做出过一件违反常理令全村人至今称颂不已的事来。那年夏天的一日午后，赛里木阿爷忍着饥饿挎着柳篮提着铁铲去山野里挖野菜时，在大路上拣到一个布包。赛里木阿爷便一层一层地剥开，看包里面究竟是啥东西。但当他剥开最后一层布时，发现里面包着的是一叠一元的钱。他心里咚地跳了一下。“坏事了，哪个二愣子把钱丢了。”他想。他把钱原封不动地包好藏在身上，然后坐在路边的马莲棵子上等待失主。可是直等到日落西山，才等来了一位四十多岁步履蹒跚的人，他神色焦躁，满眼装着绝望，嘴唇裂了几道口子，搜索着路上的每一处坑坑洼洼。他见到赛里木阿爷就急急地问拾到一个布包没有。赛里木阿爷问清了是怎样的一个包，里面是啥东西后才将布包从怀里掏出来交给了那个人。那人急切地拆开布包数了数钱，然后抽出了五元钱给赛里木阿爷作为答谢，但赛里木阿爷一分钱也没有要，而是怪罪那个人怎么那么粗心大意呢。那人说他的孩子病了，在县城医院里住着，没钱看病，把存着的30个银元偷偷兑换了。他跑得急，可他到医院里时才发现兑换的钱不见了，就原路返回找寻着来了。想不到这个世界上还有这么好的人，在这样饥馑的年月里，竟然拾金不昧，是何等的人品啊。后来赛里木阿爷拾金不昧的事传遍了十里八乡。再后来他的家人在某些时候的某些方面由于他的好名誉而连带着得到了好多人的照顾。有一次，在赛里木阿爷高兴时，我问他当时剥开布包发现那么多的钱后就没有想到把钱藏下。他说，没有想，不义之财不可沾手，我一生没有说过别人一句坏话，做过一件坏事，更何况那不义之财呢。你说我拿上了心里会安稳吗？做任何事要想到别人的不容易。任何事你永远也做不到不让真主知道，真主是万能的。赛里木阿爷一生确实没有说过别人一句瞎话，做过一件损人的事。默默无闻地操持家务和拉扯子女。

赛里木阿爷已去世好几年了，但他一生为自己树立的口碑村里还没有哪一个人能超越。也许后人做不到像他那样吧！

老　炮

老炮年轻时说话幽默，声如洪钟，但因个头不高便得了这么个绰号。他发火生气时都会瞪圆一双眼睛，眼睛里有横横竖竖几道血丝，让人对视着就有了一种莫名的畏惧。其实，他人心里不怎么凶，只是面相有点凶狠罢了。很多时候，他还是特别亲近人的。我们小时候放牛放羊都喜欢跟老炮在一起，和他在一起觉得快活，原因是他不训人，而且怪话多冷不丁冒出一两句怪话，会惹得我们一帮半大小伙子捧腹大笑，笑得肚疼打滚接不上气来。

现在农村不养牲口了，一个村庄往往见不到几头牛，羊还有几只。当年和老炮一起放牛放羊的小伙子都已成家立业了，不再放牛放羊了。放牛放羊的快活只是谝闲传时的一种回忆罢了。而且那种儿时的美好记忆在他们的记忆里好像不多了。我在农村是放牛放羊长大的，对牛羊有着一定的感情，虽然参加工作离开了农村，但我的骨子里依然有着那种农村的执着，身上流淌着农村的血液、散发着农村的气息，说穿了我依然是一介农民而已。是农民就得怀念农村的日子和生活，更忘不了和老炮在一起放牛放羊的岁月。关于牛羊我曾一度写得手酸。但对老炮我还不曾提笔写过。今天写来就算是为老炮立传吧。

上了年纪的老炮，显得背弓个矮，脸庞苍衰，只是那双瞪圆的大眼依然炯炯有神，看你时似乎要看出你内心的一点什么东西来。前几日回乡下看望父母，见到了老炮，说了一会话便觉得老炮不像老炮了，老炮变得和风细雨，而且怪话也少了。我开玩笑说："您不像以前的您了。"他笑着，依然是和风细雨，满脸灿烂，说："再像年轻时那样大声喊嗓、没高没低地说话，人们会笑话的，再说儿孙大了，我也老了没有那个心劲了。"我想也对。他辛劳了一辈子，还是这么个穷日子，把心都操老了，他哪里还有年轻时的哪种活泛心劲呢。

人老了，思谋的就多了也宽广了。

还是说一说他的幽默劲吧。

他是一部活着的歇后语词典。在我的许多作品中用的歇后语都源自他的积累和创造。他的歇后语不是套出来的，而是自不同的环境、时间、地点、人物身上自然而然地流泻出来的，并且用得恰到好处。还在大集体的时候，女人们在一个夏日的中午聚在碾麦的大场上淘晒粮食，我们几个半拉子孩童玩耍着，舍木苏耍困了便钻进笸箩里蜷着身子睡觉，老炮看见了便丢了这么一句：“笸箩里睡觉——把人耍圆了。”有一次，我们在山坡上放羊，中午日头只有一竿子高，晒得我们无处躲藏，便牵着牛顶仗。我们看着各自的牛顶着仗，鼓着劲。但谁也没有注意牛的缰绳襻在了一起，缠倒了一头牛，我们七八个人手忙脚乱地解牛缰绳，却怎么也解不开，有人便急得哭了。老炮掏出随身携带的小刀割断了牛缰绳，牛弹挣着爬了起来。老炮笑着说：“乱麻缠了鸡脖子——没处下爪。以后把你们的爪子拴牢，看好自家的牛，牛顶仗会掉膘的。”还有一次，我们在山坡上生火煮洋芋，曼苏撅起屁股吹火，老炮过来拉起曼苏叫他让开风道，说：“风地里吹火——白费的力气。”总而言之，老炮能随时随地创造性地说出令人心服口服的歇后语来。

有几次，我想记录下他全部的歇后语。他面对我手握钢笔的手却说不出一句来。后来，我再没有要求他。他要说出歇后语是需要环境的，没有了环境他是说不出来的。他笑着对我说：“真正想着要说时，肚子里却空荡荡地啥也说不出。”还真难为他了。

其实，不是他说不出歇后语了，而是他由于生活所迫，心劲老了，整日思谋着自己的晚年该如何度过了。

幽默的老炮不幽默了。大声喊嗓的老炮变得和风细雨了。老炮的心劲老了。我真想年轻时的老炮。

红眼勺布

红眼勺布家的门前长着细细密密的碎草，遮住了进出的小路，大门也上了一把大铁锁，我想着这家人看来是活得不得济了，但我想红眼勺布是勤谨人家，不可能败落到这种地步，心中不由自主地产生了一种莫名其妙的哀伤和悲恸。想当年，红眼勺布可是村里人夸赞的对象呢，他的干劲，他的直爽，他的实诚没有谁不夸的，也没有人不羡慕的。可是现在他家的大门却上了锁，门外进出的路也长满了碎草，像是一家人绝户而去。我忐忑不安地回到家里，母亲眼睛里洋溢着欢悦的笑意，这是见到儿子的一种难以言表的喜悦。脚还没有跨进屋门，我就慌张地问母亲红眼勺布一家人怎么了。母亲惊奇地看着我怔了一会，才笑嘻嘻地推了我一把，说："人家红眼勺布是享受去了。"我不知道红眼勺布是怎样享受去了。母亲笑着说："红眼勺布是挣了大钱搬到城市里去住了。"我就想红眼勺布这么实诚的人终于挣到钱了，这年头没有几个勤谨人能够挣到大钱的。我知道，在我们这个村里，挣到大钱的往往是一些胆大眼细的人，他们做生意或是倒腾一些什么东西，往往不计后果，手里的钱挣得快花得也快，但就是不干地里的农活，地里干农活的往往是一些勤谨实诚的人，他们一年四季不问地外的事，常年泡在地里，把几亩地务弄得像菜园子似的，没有一根杂草，庄稼长得旺旺的，看着让人眼馋和嫉妒，可是一年下来也就打那么千儿八百斤粮食，卖不了多少钱，可人家胆大心细的那些个人光光荡荡地跑着，庄稼也不种，大苦也不下，到头来却也挣了大钱，把一家人养活得滋滋润润白白胖胖的，穿得也很时新，让人羡慕得不行。听母亲说红眼勺布就是羡慕人家的生活方式和挣钱的容易与方便才说服妻子儿女放下手中的活计，撇下侍弄了二十多年的土地，快活地当起了甩手掌柜，快活地享受着人生少有的生活方式。

对红眼勺布的发家我还真有点兴趣。后来听母亲说，红眼勺布勤谨了一辈子，也积攒了一点钱，他不种庄稼的那年，从银行里拿出所有积蓄，在朋友的鼓动下上了青海，也就是用了一年的时间，跟朋友贩卖了一年虫草，赚了十几万块钱，这十几万块钱拿在手上烫得心慌，就跑到县城里置了一小院房子，美其名曰住城里是为了子女的上学问题得到解决，再则就是做生意便利，至于他们想什么就不得而知了。这是他们自己的事情。

红眼勺布走了，村里像缺了一大块似的，原因是在闲日里再也见不到红眼勺布了。住在城市里钱少了不行，没钱更不行，住在城市里得让人看得起你，所以你得马不停蹄地跑来奔去，累死累活地赚上那么几块钱，要不然你住在城市里就会累得筋疲力尽，身心交瘁，快速地老去。

红眼勺布这一走还真让人有点留恋和想念。诚实是金啊。红眼勺布的实诚确实叫人忘不了，就说一件小事吧，这足以说明他的实诚为人。那年，我记得是刚包产到户的时候，家家的生活都还不宽裕，吃的是一样的饭和馍馍，生活上没有大的差别，花销也没有现在这么大，除了买点油盐和点灯的煤油，再就是年终给孩子们扯几尺布缝件像样的衣裳，就是那衣裳也是老大穿了老二穿，老二穿了老三穿，直至穿得补丁落补丁才落身。但在那时，红眼勺布家的孩子们一年四季就穿不上新衣裳，每当别人的孩子们穿得花花绿绿地在村街上玩耍的时候，红眼勺布就抹一把眼泪默默地低头走回家里。在我的记忆里，红眼勺布家在村子里是够穷的了，然而他家是勤谨人家，大人小孩虽然穿得旧，但出来都是干干净净的，精神面貌非常好。就是那样困难，红眼勺布也没有忘记帮助一位孤寡老人度过了难关。村里有一没儿汉，八十多岁了膝下无儿无女，得了场病躺在炕上动弹不得，刚病的时候，邻居们都还你一天我两天地管着老人的吃喝拉撒，可时日久了，谁也操不起那个心了，老人就饱一顿饿一顿地过着日子，俗话说久病床前无孝子，更何况是一位没儿汉呢。红眼勺布看到老人没人养活，就动了恻隐之心，腾出草房盘了座大炕把老人背到了自己家里。有亲戚劝他不要逞能时，他笑着说：“不就是添双筷子吗？人谁都老呢，也说不定自己老了以后是咋样呢，说不定还不如没儿汉呢。”红眼勺布自从把老人接过去以后就把老人当成了自己的亲人，问寒问暖，按时给吃喝，没有让老人受过一天罪。现在想来，红眼勺布确实非常的伟大，在那样的年月里，吃饱肚子都有点困难，把一个没有任何血缘关系的老人接到自己家里管吃管喝，还要接屎接尿，就是亲生儿女也都没有那个恒心和耐心。而红眼勺布这一服侍就服侍了十几年。我小弟那时候就搞不清红眼勺布的小儿子为何有两位爷爷，当问红眼勺布的小儿子尔利的时候，他也说不清自己为啥有两位爷爷。

大概是1997年冬天，老人去世了。红眼勺布哭着说他没有待承服侍好老人，让老人受罪了。听到红眼勺布说这话的人没有不落泪的。这时候好多人才想起了红眼勺布的为人和疼心来。我父亲哭着对母亲说："在为人上我们不如人家勺布啊，人家把一个没儿汉服侍了十几年，我们是问心有愧啊，遇到我们头上做不到像勺布那样啊。父亲说这话的时候眼睛红红的。没儿汉去世后，红眼勺布天天给老人上坟念诵《古兰经》祈祷，把老人当成了自己的亲人。照他自己说的，说他没有把老人服侍待承好，自己无常了真主会打算的，他那样把老人服侍了一场，但他的内心还是觉得愧疚，觉得有对不住老人的地方。在别人看来他做得完美无缺，起码让老人十几年在他家里没有受过一天罪，没有饿过一天肚子，没有挨过一天冻。更何况是在那样的年月里。当今有许多老人与儿女分户另住，凄凉孤寂地过着太阳西下的生活，推着日子过生活。没儿汉比起当今有些老人是享了清福了。

就赡养没儿汉老人这件事，全村的人对红眼勺布很尊敬，虽然他还不到五十岁，但全村的人跟了自己孩子叫他勺布阿爷。

到了前几年他家里依然空空的，手里没有几个积蓄，日子过得紧紧巴巴的。就在我工作外出的这几年里他在别人的鼓动下攒凑了点本钱外出做起了小生意，倒腾了几次虫草，竟然挣了大钱，搬到城里去住了。

我想，我回城里后一定腾出时间去看看红眼勺布，看看他现在是什么样子。看他变样了没有。

我回县城的班车转过山嘴的时候，我从车窗里看到红眼勺布家的上房上冰草长长地长着，有一处房檐塌了下去，再过几年，他家的房子恐怕要全塌了。这多多少少让人有点心酸，让人有点可惜，让人有种说不出口的感觉。

文化人尕赛里木

尕赛里木时常读着厚厚的线装书，让人羡慕得不行。在农闲的时候，他会搬条木凳躺在树荫下读得津津有味；大冬天的他也会找一块向阳的地方穿件皮褂子蹲在太阳下读。他读的书多识的字也多，有时他会找上那么一两个不常见的难字考一考我们这些不好好上学读书的顽童。记得我读初中一年级的那年暑假，有天我闲得无聊在村街上瞎转悠，突然被他堵在十字路口，手里拿着一本一尘翻译的《罪愆录》，他拉住我要我说出那个“愆”字的读音。回族有句口头语，说：“某某人罪行了。”当时我就想把行字咋写成了这样呢，我知道他天天在读厚厚的线装书，心想那肯定是繁体字，就连蒙带哄地说念“行”字，他听了哈哈大笑说：“先生不识字只读半个字，念书念不成气候啊。”说罢重重地拍了拍我的后背，转身背起手头也不回地走了。从那以后我就怕他当众堵我认字。初中阶段，还真有很多字认不下，就是现在有一些生僻字我还是读不懂。

在二十年以前，读书人很少，所以读书人也很吃香，那么大的村里谁家娶妻嫁女的都提前打招呼叫尕赛里木，让他早早地吃饱穿暖，坐在堂屋门前的一张方桌旁，摆上瓜子糖果之类的东西，再生上一拢炭火，煮上一壶清茶，让人眼馋得不行。

看到有送彩礼的人来，他就用小楷在红纸上慢慢地写上这家主事人的姓名，才抬头问送彩礼的人送的份额和东西。我见过他写的小楷字，有棱有角的。听人说他没有上过一天学，他肚里的那点墨水全是自己识的，有些人私下里叫他白识字，显得有点对他不恭不敬。很多年过去了，家里办过喜事的人家拿出保存的礼单，一股清幽幽的墨香就从纸张中飘溢了出来，而写在礼单第一位的就是他本人——尕赛里木，他也不写自己的姓，前面加个尕字，让人一看就知道是他。我家里也存有一份，字写在几张麻纸上，字迹清秀圆润，棱角分明，布局错落有致。到了八九十年代，人们对记礼先生不是那么重视了，他的那份差事渐渐地让一些念过几天书的年轻人去做了，但他对那些笔画歪歪斜斜的写家不屑一顾，认为是倒了门面。他对那些有一把胡子的老者们说："村子里的门面倒了，那样的字也拿得出手，让别庄的人一看还认为我们村子里没有读书人呢。"可人们已经不管那么多了，依然我行我素。这就让他生气得不行。后来他的家族里有喜事的时候，他就试着让几位家族里的年轻人记礼，然后从中选出一位沉着稳重，字写得漂亮的年轻人作为家族的记礼先生。他说不动别人但他管得了家族里的事。

现在他已经八十多岁了，仍然放不下手中的书，虽然再也不读厚厚的线装书了，但是他不可一日无书。在没有书看的时候，即使是小学生的课本他也要读上几页，这是他多年养成的习惯。他说他睡觉前必须得拿上本书读一读，不然他一晚夕睡不着觉。他还说，常读书会使人清头，也会使人心境平静，不思谋那些杂七杂八的事，让人不糊涂。这也许是他读了几十年书悟出来的一点浅显的道理。

年岁大了，他走路吃力了，让儿孙给他买了把藤椅，春日里放在树荫下躺在上面再拿一本书读着，淡泊自己的心境，净化自己的灵魂。再思谋上一段已往岁月的经历和自己相依相伴了几十年的故人，闭上眼开心地笑着，笑着春天的到来，笑着冬日里的暖阳，笑着儿孙的成群，笑着一只鸡的鸣叫，笑着一群羊的壮大，最后笑着自己竟有如此平静的心境。

尕赛里木说来是一位乡村文化人，其实他的骨子里有着很深的传统文化的底蕴，他不是一般的文化人，是我辈绝对比不了的。

我是非常羡慕他的那份读书的心境和习惯的。

散尔提

散尔提那年憨不愣怔地跟上几个不干不净的人做了回贼，偷了邻村一家人的架子车轱辘，其实那车轱辘也值不了几个钱，但那年恰好碰上严打，那几个人进了公安局就把他给供了出来。他被判了一年劳教。他原先是活泼的人见人爱的小伙子，可一年劳教出来，就像变了个人似的，变得懵懵懂懂的，见人也不爱说话了。村里人就说他的脑子肯定让号子里的人打坏了。散尔提和我同岁，月份上我比他大一月，他理应叫我哥，事实上他也叫我哥。不管别人怎么看待散尔提，我还是把他当兄弟看待，因此上他对我很好，有些话能对我说。他刚从劳改队回来的时候对劳改一事总是缄默不言，我也不好问，后来他自己实在憋不住了。那年正月里下了一场厚雪，好几天都出不了门，我去和散尔提闲谝，也许是他需要一个倾诉的对象，就跟我说起从劳改队里听来的令人心颤的事。他说，那年他还不懂事，犯了那么点小事，就让公安局抓去给判了一年劳教，说实在的，遇到今天你让公安局抓人人家都嫌事小麻烦呢，可是那年政策咋就那么紧呢。他还说，人啥地方都能去，就是那个鬼地方不能去，那个地方能把好人搞成傻子，他说那里面的人都变态了，没有了人性，人对人是狠毒的，没有一点疼心和爱心，恨不得相互置于死地。他说他刚进去的时候，给号子里的老大端过尿盆子倒过屎，也喝过别人的尿，所以一年劳改下来，他的心肠也就硬了，一般情况下他不会心软。他这一说，我才想起他的心肠确实是硬了，小时候他连一只小鸟都不敢捉，怕小鸟啄他，他从那里面出来就娶了媳妇，当媳妇和他吵架的时候他就会大打出来，往往把媳妇打得浑身是伤，后来我劝他能不能对媳妇好一点，毕竟媳妇要和你同床共枕一辈子，你总不能太伤她的心吧。他说人一惹他就生气上火，忍不住自己的那点耐心，就是媳妇也不例外。我说你要多想想媳妇的好处和优点，不要总想她的缺点，你的心境也就活泛宽展了，不那么斤斤计较了。他听着就笑了，笑得很亲切。我知道他的脾气，当人说他说到点子上的时候，他就那样笑着。自从我和他闲谝了那么一天后，他的脾气真也就改了，改得好多了。后来我问过母亲，她说散尔提再也没有打过媳妇，我知道我没白劝他。

他进了回劳改队，村里人就对他不那么友好了，认为他是从那里面出来的。但是有一件事改变了村里人对他的偏见和蔑视。听说那年夏季的一天，村里一群小孩到河滩上去玩，谁知沟里发了大水，把一个孩子给困在了河中心的一片滩涂上，眼看着大水快速地上涨着，那个孩子随时都有生命危险，但是这时候就没有人敢过去救人，那个孩子惊得大哭小叫的，家人也喊天叫地的，可眼看着那么大的洪水翻滚着浊浪，谁也不敢过河，干急没汗。在人急得搓手顿足的时候，散尔提拿着一条长绳一头拴上自己，把另一头递给众人让大家抓紧，自己慢慢地向洪水里走去，他几次差点被洪水冲倒，但他没有畏惧，毅然决然地向河中心游过去，然后把那个小孩架在脖子上又吃力地游了回来，他把那个孩子救回来不久，水就漫上了那片草地，满河道是洪水，不存在一丝绿意了。从那以后人们彻底改变了对散尔提的看法，认为他是一个值得信赖的人。也从那以后散尔提才算活到了人前头，也才在人前能说几句话了。要是没有那次发洪水，散尔提也许被人一辈子瞧不起，他一辈子也就在人前抬不起头，活不到人前头。

今年，散尔提上了回格尔木，然后就带着十几个年轻人打工去了，我写这篇文章的时候他刚回来不久，挣回了一万多块钱，买了台拖拉机。村里人说，散尔提这次算是踏上步了。我也期望散尔提在生活上能踏上步，日后的生活能好一点，人前人后都哆哆嗦嗦地活不到人上，怪艰辛的。

我还没有见到打工回来的散尔提，以后见到他也许就是另外一个人样了。但愿他变得和儿时的散尔提一样，活泼多语，人见人爱。

努　哈

努哈是我的远房表弟，与我一起光着屁股长大的。他小时候在老师的劝说下勉强读了一年书，后来就被父母拉去放羊了。那时候我们都叫他羊倌努哈，那样叫他，他也不恼。那个时候，他家里养有80多只羊，放出来一大群，挺让村里人羡慕的。羊多，攒的粪土也就多，粪土一多，地里的肥上得足，庄稼长得绿油油的，与别人家的庄稼的成色都不一样。那个时候，家家屋里炕上铺的都是羊毛毡，家境困难一点的啥也不铺，就一张光席片。早上一觉醒来，浑身拓满了席片印子。而努哈家的炕上铺的毡有好几条，有白羊毛毡、黑羊毛毡。到了每年中伏，他家院子里就晒满了毡，显得很富有。努哈正儿八经地放了好几年羊。到了九十年代，村里人一窝蜂地向外跑，挣外面的钱。几年下来，村里很多人家的家境都比努哈家好了许多。这就叫努哈原本安稳的心躁动不安了。他也就有了其他的想法，放羊不是一辈子能干的事。他想考个驾照，开上汽车跑运输。那个时候，司机很吃香，很多人家都跑运输，挣了大钱，能不让努哈眼热吗？他说干就干，与父亲商量了几个回合，卖掉了几十只羊，拿上钱上驾校考驾照去了。那个时候，我正上高中，学习紧张得不行，偶尔回趟家，父亲就对我说些村里的事，旁敲侧击地让我好好学习，不要看村里那些人的眼前花。不知是什么原因，父亲提起了努哈，说努哈要是多上几年学就好了，没有文化学啥都难上加难。

又过了好几个月，我回家发现努哈站在村道上和一大帮年轻人大谈学车的经验。可他是新手，没有人雇用他，只有站在村道上和闲人们谝闲传。学车的时候壮志凌云，学出来没有车开，这是努哈的悲哀。

努哈终于没有车开，也没有开成车。

接下来努哈娶妻生子，过起了父辈们循环不止的生活。又干起了他的老本行——放羊的营生。

好在努哈命大福大，娶了个好媳妇。媳妇是念过几年书的，又在一家餐馆打过几年工，学了一些炒菜做饭的手艺。就怂恿努哈卖掉羊到藏区开个饭菜馆。这回羊是卖不成了，父母是不答应的。努哈卖羊有前车之鉴，父母深信他是干不成事的。

谁知这回努哈真是下了决心要在村里人面前争口气。俗话说："树活一张皮人争一口气。"要是再没有能耐而空手跑回来，还不如找条绳子吊死算了。卖不了羊，努哈一狠心卖掉了媳妇的金首饰，攒凑了点钱，到藏区开饭菜馆去了。

好几年没有努哈的音信。其实不提起他人们还真不愿说起他，因为他太名不见经传了，他是村里的小人物，人们也懒得提起他。

努哈回来了，肥肥胖胖、西装革履的，媳妇也穿得洋洋气气的，儿子更是说一口普通话，突然把村里人的眼珠子一下子就夺了去。人们不得不高看努哈。努哈回来的第二天就找电信局给家里装了部电话。第三天就向村里人宣布要盖小洋楼。这把村里的男女老少惊得合不拢嘴。

看来，努哈是发了。

后来，父亲说，努哈先是到藏区开了四年饭菜馆，然后到西宁开了家皮鞋批发部，赚了点钱，就回家盖房子来了。

努哈的出现，让村里人议论了好多天。认为努哈能挣到钱，那村里的年轻人出去动动脑子是都能挣到钱的。

其实，努哈的回来，给村里人上了一课，也带来了一点启发，给村里那些蹲在村道上说三道四谝闲传的闲人们指明了一条创业的道路。要致富首先要劳动，想办法，而不是死守一把庄稼终年不出门。

照努哈的话说人有时候是让自己给逼出来的。

能人全福

全福的能是全村子公认了的。全福主要能在鬼点子多，眼睛一转就能给你出一个点子，你不服不行。农村人老实厚道惯了，待人接物均以老实厚道为本分，可有人就偏不吃你那一套，认为农村人好欺诈，也好欺辱。可全福你就欺诈不了也欺辱不了，反倒让他欺诈着欺辱着了，这就让人觉得他替他们出了心中的那口恶气，都从内心深处敬着他，虽然他的辈分比别人小一两辈，但人们已经不计较那么多了，毕竟他替他们出了气，帮了他们的忙，替他们说了话，替他们挽回了面子。有时候农村人把面子看得很重，当有人当众站出来替他们说话的时候就觉得面子很重要；当他们的生活没有着落万分失望的时候，或是一根绳子勒到脖子下面快要窒息的时候，面子就显得不那么重要了。能人全福就是这样的一个人。很多时候他替别人挽回面子，然而有时候，他却让自己失去了面子。别人不要面子不行，可他在紧要关头是不要面子的。这也许是他的处世哲学，也许是他做人的准则。

全福的能还表现在一个精上。那年春上，青稞的价格上涨到了1元钱一斤，村里就刮起了一阵开荒风，男女老少一齐上阵，只几天工夫就把原本碧波荡漾的草山草坡开膛破肚般犁成了大大小小的地块，这时候只有全福没有动弹，整天背着手在村街上转来转去，看着满脸灰尘的人们嘴角露出一丝不易觉察的微笑，这微笑里包含着一种对村里人的无可奈何，也透露着对自己不可自抑的自信。地是开了一片又一片，可青稞的价格再也没有上涨，在别人还在等待青稞价格上涨的时候，全福却把家里的粮食全卖光了。到了秋收的时候，青稞的价格一路下跌，最后跌到了5角多钱，有些人就傻眼了。

到了第二年春上，头年春上心狠的人开的地多，地里上肥就成了问题，最后只好把本应上足的肥料减半，结果呢，到了秋天的时候，那些人地里的庄稼就像马毛似的贴在地皮上，叫人看着都心寒。而全福家的庄稼却像浇了油似的，他是没有亏待土地，反过来土地也就没有亏待他。自那年开始，那些开出来的土地也就逐渐荒芜了下来，再也没有人去关注那些荒地了，荒地大概过了四五年才恢复到了原来的样子。再后来政府号召人们退耕还林还草，人们就把那路远坡陡的山地全退了耕，退得毅然决然，毫不含糊，腾出手来搞其他的事，因此上有些人还真从土地上解脱了出来。全福就是一个最早解脱出来的人。

全福从土地上一解脱出来就带着全家到外地经商去了。这几年有人说全福一家发了，不但在西宁市落了户，而且还开了一家商场，住上了商品楼，生活得有滋有味，让村里人羡慕得不行，有人就寻着全福找活去了。

全福的能主要是他的精明，会全面思考问题，这是他的长处。

村里的老人们希望全福能来村里看一看，把自己那些个不吃劲的孙子们也给带出去挣上几个钱，免得闲出事来。但全福到底来了没有就不得而知了。

支书尕要

尕要是我的叔父。在我还很小的时候，他就是村里的干部，那时候他很年轻，风华正茂，做任何事从不服人，也从不偏心，这也许是多少年来村里人看重他乡上器重他的原因吧。村支书他一当就是30多年，这30几年里，村里没有人可替代他。有几次他向乡上打了辞职报告，但乡上就是不批准。现在提倡干部年轻化、知识化，他总觉得自己上了年龄跑不动了，知识也赶不上时代的发展要求了，想卸任干些自己喜欢的事，可群众就是不答应，乡上也不批准。他只有硬撑着干下去。他是全乡年龄最大的一个支部书记，在乡上开会什么的书记乡长都敬他几分，这就让别的支部书记很羡慕，也很敬佩。其实说穿了他是全乡村干部的一个榜样。

叔父当了多年的村干部，有过很多的趣闻轶事。很早以前他还是村里会计的时候，乡上给村里下拨了一批救济款，村里干部们就优亲厚友地拉了一个发放名单，叔父一看全是他们的亲朋好友，心里就来了气，有好几户特困户和“五保”户不在发放名单里，那几户人家已经断粮很长时间了，天天为吃饭的事扰得叔父心里很不安。也许是那时候他年轻气盛吧，他给几个村干部建议了几次不成功，就拿起算盘劈头盖脸地把那几个人打了一顿，后来乡上知道了此事，就撤了那几个人的职，任命叔父为支部书记，那时候叔父正处于党员预备期，不是正式党员，可乡上偏偏违反规定让他当上了村党支部书记。叔父自那次当上村支书就再也没有下来过，也没有闲过。现在他该闲下来了，村里人却不让他闲，乡上更不让他闲。他只有硬撑着干下去。现在村上有知识有文化的年轻人一大茬，谁都有能力接这个班。但不知乡上是怎么考虑的，就是不让他卸任。乡上也许有乡上的考虑，不是碍于人情，也不是顾虑太多。对乡上而言，调整村里一个干部只需发一个文件就可以了，不需要太多的程序，也不需要太复杂的过程，就那么简单的一纸红头文件，几个字，你就可以歇下来，永远地歇下来。这几年在村里当干部只有给群众服务的份，群众的素质有了很大提高，对干部也有了更高的要求，你干不好不行，干得弱了不行，干得比别人差了更不行。你就得不断地更新自己的知识，不断地提高自己，哪怕是随便说一句话你都得掂量着思考上一番，要不然群众就会抓你的小辫子，给你难堪，叫你在众人面前下不了台、抬不起头。然而叔父在大街上说话是从来不避人的，说话高声大嗓，有时也和风细雨，群众也不反对。有时几天在大街上不见叔父，有人就会牵心地问支书这几天去了哪儿呢？让人有些许留恋和不放心。有时是一种想念吧。其实谁也说不亮堂，但心里就是那么想着。见到了叔父却也不见说啥，只是嘿嘿地笑几声，算是对叔父的一种问候吧。人无完人，有时候叔父办事情时也会出错，出大错。记得那年，村里在河滩里堵水护田，砍了公路边村里栽的几十棵树，结果呢，乡上、县上就来人调查了好几天，问是谁带的头，砍那么多的树。叔父硬着头皮一个人承担了全部责任，没有让村里人承担一点责任，县上和乡上也不好处理，只在群众大会上批评了几句，就不了了之了。结果呢，乡上组织了一些群众烧了几大锅开水，提上去浇在了那白晃晃的树桩上，然后苫了几锨土，把那白晃晃的新茬口给罩住了。县上也再没有追究村上组织砍树的责任。

叔父有时候也蛮干。记得那年村里人都到大沟里挖锑矿，那时候锡矿的价格很高，拳头大的一块矿石能卖好几块钱。锑矿的价格那么好，挖矿的人为了各自的利益纷纷抢占地皮，有时甚至大打出手，打得头破血流的，叔父家里每天上访告状的人不断。今天给这家解决了纠纷，明天给那家解决了争斗，天天忙得不得闲。叔父后来想了想，就组织村干部和村上一些有名望的人召开了一次村民大会，把大沟里的矿收回村里集体采挖。这样一定，其实就等于断了有些人的财路，有些人就不高兴了。可叔父却不管那么多，要村里每家每户出一个人分成组，按组上班采挖矿，采挖的矿集体卖，钱大家分，这样一来，大家都有了活干，也都有了钱分。因此上叔父得罪了一些人，但得到了村里大多数人的拥护。后来，叔父说那是他干了几十年村支书处理事情处理得最窝囊的一次，也就此得罪了一些人。可不那样蛮干不那样处理不行，人们为了挖矿挖得眼都红了，甚至六亲都不认了。为了一点小钱最后六亲不认，亲邻之间翻了脸总不是好事情。惹人就让他一个人惹吧。好几年过去了，人们才慢慢理解了他的良苦用心。

那次回家，看到叔父站在村口背着手伸长脖子张望着，面部没有一点表情。叔父鬓角的白发像秋霜尽染的“毛娃娃”（一种春绿秋白的植物），在微风中丝丝飘荡。看来，叔父人老了，心劲也老了，他也该歇缓下来了。全县再也没有像他那样老的村支书了。他真该歇缓下来了，这是家人对他的期望，也是村里人的想法。

乡村记忆

走出乡村十几年了，但乡村里的一些人情风俗、山水景致仍鲜活地萦绕在我的记忆深处，不时地涌现出来。当我遇上一位赶车的大爷、一位朴实的老农、一位粗辫子的村姑，一头牛、一只羊、一匹马、一只鸡、一只掠飞的麻雀，抑或是一棵分杈的白杨树、一棵虬枝搭在院墙上的杏树，甚至是乡村早晚最常见的扶摇直上的炊烟、悬空飘荡的一页书纸，都能使我的记忆之门迅疾地打开……

老人和驮驮的驴

冬天最耐得住寂寞的是广袤的山林。冬天的山林，褪了绿落了红，是清清濯濯干干散散的瘦。耸立在风中的高大乔木像是人群中站立在一块石头上伸长脖颈等待一双笑眼的姑娘，任凭风吹雪落，岿然不动。裸露的残岩坐了斑斑的苔痕，掩藏在树影里，却又突兀地伸出丑陋的头颅，窥视倒伏在雪下的依稀枯草，发出了惨烈的笑。惊醒的疾风横扫一条带状的路，划过苔岩，掠过树梢，停留在了驮柴老农的袖筒里和驴背的驮子上，驱散一身疾走的余热。

太阳嫩嫩地长高，风也发出了凛冽的嘲笑，山林便呼啸着吹出了啾啾的哨声。溜道里的积雪像一群撒欢的孩童球一样滚落，亮晶晶的。老农坐在一处背风的山湾里眯眼看着雪球的滚落，眸子里的希望像火似的燃烧了起来。雪走了，埋在下面的柴火该出来了。拴在一截树桩上的驴一惊一乍的，白光反射的山脊上一只或说是一头山羭悠然走过，近了一看，驴就有点兴奋，这是哪儿的驴子呢？该不是村里那年走失的那头驴吧。驴扬脖高昂地叫了几声，山羭便疾驰而去。老农是高兴了，他此生算是见到了山羭。驴也高兴，这趟山没白进，苦也没白吃，还见到了一个异样的同类。

太阳老老地落下，老农的裤管上结着冰凌，正从山林里走来，手里不忘牵着一根细麻绳，那是驴的缰绳。路是悠长弯曲的，风是遒劲有力的，断断续续。一排整齐的脚印和蹄印在雪地上硬是踩出了一串艰辛和惆怅。

晚夕里，村子里一声荡空的犬吠惊醒了夜的睡眠和梦幻，一线昏黄的灯光透出矮屋的纸窗。一个低沉的声音忧忧地问："来了？"答："来了。"又说："热水在壶里，饭在灶上煨着，擦一把脸再吃。"又答："嗯。"

昏黄的灯光彻夜亮着，扰得看家护院的老狗一夜没有睡好。直至驴踢槽的响动惊醒了夜扰的人。

天亮了，矮小的房舍在山洼里小得如同滚下山的一丸泥球。鸡叫了。热炕的热量开始下降了。雪地上又留下了一长串满肚艰辛和惆怅的脚印，还有默默无闻的驴蹄印，齐齐整整的。

又该是一个充满惆怅和不眠的暗夜了。

冬日里的村野

雪总是下着，不见消停。雪落得厚了，野生动物们也就不消停了。歇闲的农人们心里数着落雪的日子，用拃丈量着雪的厚度，计算融土的尺寸，满怀希望地说着笑着，一声声笑惹得洁雪像害羞的婴儿抿嘴哧哧地偷乐。此时的野生动物大概是愁肠百结了，厚雪掩藏了它们的吃食，封住了它们的路径，它们是要挨饿了。雪在飘，鸟在飞，兽在跑，各忙各的事。雪消停了，太阳的纤光冷冷地照在雪原上，有几只鸟儿笑了，笑得很勉强，像在哭。只那么一会，太阳的周围就增添了一层光晕，黄黄昏昏的，晕得蹴在窝里焐嘴的老狗狺狺地叫着，像着了疯似的。洼地里的梢棵子林、酸刺林全被覆盖了，只露着鹅黄和黑叽叽的梢头，一群野鸡扑棱棱落在酸刺林的梢头上，抖落了架在枝梢上的积雪，连同那待落待食的酸刺果。空腹的野鸡空欢喜一场，只有扑下山，扑向山下或洼地外的村子里，虽然那里布满陷阱，危险重重，但草垛下老鼠拉剩的那点支离破碎的麦粒还是充满了甜蜜的诱惑。

覆雪润泽着干裂的地口。尘土飞扬时期像麻狼横卧的干胡基疙瘩，浑身酥软地匍匐在雪下，等待着春前一把木柄榔头的敲击。

村道和场院里的雪早已被调皮好玩的孩童们踏成了冰道冰场，一个个木猴（陀螺）在鞭子的抽打下卖力地旋转着，没有一刻的消停。在孩童们的欢声笑语里，木猴天旋地转，生生地把光洁的村道和场院转出了丝丝纹路。

河面上无雪，雪和水化成了冰。冰层像镜子层层垒起来，有着纵横的裂纹，走在冰面上，冰载不住震动，咯叽咯叽地裂起来，但也不见坍塌。有洗尿布的年轻媳妇拿了重重的斧头，在冰面上咣咣地凿冰眼。坐冰车的孩子溜溜地滑远，娘禁不住心疼和不放心，目光远远地跟了去。忽然冰车一个趔趄，孩子从冰车上栽了下来在冰面上迅速地滑去。娘便丢了斧头去扶，孩子却格格地笑了，笑得冰甜冰甜的。娘复又转回，斧头却不见了，一股清水从冰窟窿里咕咕地冒出，伸手从冰面下找摸，河水冰凉冰凉的，只摸到一块冰冷生硬的顽石，斧头已顺水流去。下午做饭时，年轻媳妇便遭了丈夫一顿狠狠的捶打，鼻青脸肿的。翌日，做丈夫的扯了媳妇的头发去看，冰窟窿已被水漾出冻合，只见一个冰包上有几条狗鱼被生生地冻僵着。丈夫拾了鱼就不再追问斧头的事，复又牵了媳妇的衣袖回家，灶房里炊烟一冒，一大碗冒尖的热鱼汤就端上了炕。

屋外寒气袭人，屋内热炕暖和。孩子们是圈不住的，但也有圈住的。圈住的孩子不甘心，想着法儿取乐，眼睛一亮，看到了堆放在墙角的豌豆袋子，心里说煮豆子吧，遂取了没把茶壶，放入一碗豌豆，倒入三碗开水，不是说一碗豆三碗水吗？然后从酵头盆里挖出一指酵面糊了壶口，把壶埋在炕洞里，再填上牛粪、麦衣等。随后喊了小弟兄们在院子里用木棍支起脸盆，木棍上拴了条线绳子扯在窗口里，等待着麻雀进盆。用脸盆扣麻雀是一件令人惊心动魄又心跳手颤的事。玩完了，晚饭吃过才恍惚忆起炕洞里的茶壶，急忙掏出打开壶盖，里面的白豆变成了黑豆。免不了挨了娘两楦头，却也忘不了刚偷煮时的那种激动和兴奋。

早晨醒来，推开大门，雪地里一只野兔的蹄印向深山里直直地跑去。猎人提了猎枪寻着野兔子的蹄印一脚深一脚浅地消失在大山里。兔子像个调皮的孩子走走停停，招惹着猎人。日暮西山，兔子不见了，一只红狐站在孤寂的山梁上，映着西天的晚霞，红成了一团火，猎人摘下枪，准备装弹，可出门时却忘了带子弹。红狐也许是命不该绝，频频在山梁上舞蹈。这时的猎人只有欣赏不已，赞叹不已，同时又自责不已。末了，他卧在一个高高的雪堆上，端空枪瞄上了红狐。可就在他闭上左眼的同时，红狐消失了。

天色暗了下来，他知道该回家了。

夜幕降临，猎人拖着猎枪走在雪映的路上……

雪化薄了，田野里、荒坡上、塄坎下，贴在地皮上藏在枯草下的地耳被融雪泡得肿大，像刚出锅的木耳，黑油油的。孩子们挎了篮子，争抢着拣肥大的。日落的村道上，孩子们排成了队，向家里飞奔。等着做晚饭的娘再也挨不上烫屁股的暖炕，站在门口望直了脖子。看着孩子飞奔的高兴劲，娘就知道晚饭该吃地耳了。遂进屋牵了男人的耳朵让去倒醋灌酱油。

一股股炊烟升起在屋顶，而后交缠着升腾而去，向远山里诉说村子里晚炊的快事。

张望四季的女人

劲雪一走，彻骨的西风一吹，大门开了，女人就匆匆下炕出门，举手遮阳往远路上望去。其实，远路上是没有人影的，只是西风一吹，她的心门就开了。她是有惦记的。

天上的星星还在笑的时候，院门咣地一开一合，她的心也就随之一开一合。女人开了灯，坐在炕上，炕上的家什是女人的家什，满满当当的，除了一双纳了一只底子的布鞋是男人的而外。炕烧得火热，腾腾地散发着牛粪的余热。一只夜游的猫嗖地蹿上炕，钻进被窝里打起呼噜，沉沉地睡去，进入了猫的梦乡。

冬日里太阳升起得较慢，却也走得快，跨过院墙，在杏树枝头刚一露脸，便又迅疾地爬下台阶，退出墙外，嗖嗖像猫一样蹿上了山脊，一翻身便又跌落了下去。西风钻了太阳的空，一路飙飞，扑进村子，啪啪地拍打大门，咣当一声门又开了，女人套了鞋奔出院门，村道上有一堆干枯的杂草旋来飞去，总落不到墙角里去。女人就来了气，烂风刮得不叫人消停，净叫人把心提悬了跑。女人这样一骂，风就来气，在她的眼前旋过来荡过去，瞅机会钻她的衣袖。而后又嘘嘘地冷笑几声，狠劲地捶打女人的脸面，直至女人的脸红成了苹果，紫成了茄子。

春日里和煦的暖风拂着门前垂柳的纤手，摆得抑扬顿挫。女人端坐在门前的一截土墙上，手里纳着鞋底，眼睛不时地瞟着对面的山坡，男人正在山坡的条田里驾着二牛抬杠犁地。山尖上是一大片酸刺林，半山腰有块洼地，洼地里生着毛刺。女人看着就奇怪地想，怎么就没人把那里开成地呢？男人犁过来又犁过去，逐渐地掩进了地里面，只看见人头和牛头在蠕动，女人就知道男人快犁完地了。女人插了针进屋做饭，男人回来好伺候。

一只母鸡领着鸡娃子在门前的草丛里觅虫吃。一只黑鹰嗖地从天上直冲下来扑向小鸡娃子。母鸡便咕咕地叫着护鸡娃子。女人怀里的娃娃好奇地望着鸡娃子格格地笑着，突然“噢……”的一声把头埋进了女人的怀里。女人才知是一只鹰扑向了鸡娃子，遂丢开娃娃去护鸡娃子。鹰是飞了，鸡娃子是护住了，可自己的娃娃却没有护好，头上磕了一个鸟蛋大的包。女人的泪水哗地掉进夏日炽热的净土里，溅起一股股纤细的气浪。山洼里男人牵着老牛津津有味地吃着开花的碎草，男人看着老牛慢腾腾的吃相，轻轻地笑了，随即把身后的一滩花草全给惹得笑瘫了。女人望着山洼，从那移动的身影里读到了生活的甜蜜，也读到了人与自然的和谐，更读到了人生的幸福。

人老一年，田黄一夜。山坡上的麦田黄澄澄的，地头里男人正领着几个人挥镰割麦。女人背着一背青草歇在门前的青石上，心疼地望着挥汗如雨的男人。男人对女人的疼爱是实在的，像太阳照射下的树荫，永远是那么凉凉的一片。女人对男人的疼肠是扯心的，像月光柔柔的，亮亮的，轻泻在男人的心田里。夜深了，女人心疼地捧着男人的手掌，用烧红的针烙干镰把磨起的血泡，泪水一滴滴落在针杆上，滋地溅开去。

天麻麻亮时，娃娃的尿浇在了女人的脸上。女人梦见下雨了，遂放心地继续昨晚的瞌睡。女人懵懂了一会，起身摸了一把脸上的雨水，咸咸的，臊臊的。女人哧哧地笑了一通。男人醒了，在院子里月牙形的磨刀石上霍霍地磨起了镰刀。女人深情而又心疼地看了一眼。一股炊烟浓浓地冒出屋顶。狗醒了。村庄醒了。大地醒了。

碧空如洗，又是一个揽收黄田的好天气。

秋风轻拂，又是女人心疼男人的一个心焦日子。

新媳妇骑着毛驴回娘家

春天是人心容易躁动的季节，更是让人容易懵懂的季节。清早起来推开门，啊，涌动的雾团像堆积的棉絮或是抖动的白布，凉凉地冰冰地拂着新媳妇的脸面，喷洒着水气，让新媳妇脸面滋润得水灵、明净、透亮。

河滩里河水哗哗淌着，泛着青白的浪花。河边老白杨树的枝丫上落了一只喜鹊，翘着尾巴嘎嘎地叫着。新媳妇听着喜鹊叫就产生了回娘家的念头。

房子建在河边上，房周围栽了垂柳、白杨、白松，把房子圈在了一片绿意里。晨雾涌动的时候，树木、房子都有了神话般的动感。毛驴在雾中也是忽隐忽现，带上了些许神性。新媳妇在雾中飘飘欲仙。门外就是泉，担水的姑娘放下水桶在门洞里偷窥新媳妇的动静。新婚不久，新媳妇对这个陌生的新家还不是那么熟悉，碍手碍脚的。小姑子透过玻璃窗望着新嫂子，会心地笑了。门外的姑娘们瞅着新媳妇的笨样，捂上嘴笑着跑了。笑的同时在心里和村里的媳妇们逐个做着比较，却没有比较出个所以然来。

雾退了，树现了。新媳妇牵上毛驴上路了。本来是可以不牵毛驴的，但男人要砌墙，河边潮气重，土墙坏得快，娶了媳妇的男人再不安分不勤快地操持这个家，别人会拿脸笑话的。春暖草嫩，毛驴一路上走走停停，满眼的青草香香的惹得它走不动路。新媳妇也喜欢在洒满阳光的草地上坐一坐，鸟儿成双成对地在空中飞翔，蝴蝶双双翩飞，寻觅落脚的花蕊。一只蜜蜂嗡嗡地盘旋在新媳妇花衣服的碎花上，闻着花香，却又看不到甜蜜，急得旋来飞去。

路边有两棵白杨树，树上憩息着一群孵卵的铃铛鸟。新媳妇一边歇着，一边心里就漾漾地荡起来。树上的一只鸟儿疯狂地追着另一只鸟儿，啾啾地叫着，新媳妇看着心里一阵跳动，脸就红了，嘴一咧，一口生白的牙齿晃晃的耀得鸟儿羞涩地藏匿在树叶中间不肯露面了。新媳妇一笑，驴儿就扬脖高亢地叫了起来，叫得青春漾荡。

对面山梁上青春萌动的放牧青年情深意长、高亢奔放地唱着野味浓郁、神韵飘逸的洮州“花儿”：

鸡一窝的四窝鸡，
想的你嘛牵的你，
睡梦里梦的还是你！

新媳妇听“花儿”好像是唱给她听的，就又羞得红了耳根，幸好没有人听到，也没有人看到，要不然那会羞死人的。驴儿竖耳听着“花儿”，鸟儿似乎也静默着沉迷在了“花儿”里。羞归羞，可新媳妇还是喜欢听那样的“花儿”，尽管“花儿”是那么的撩人心弦，又是那么的催人思恋。有些事情是不能说给人听的，只能编成“花儿”唱给大山和溪水，让鸟儿鱼儿听。有些事情也不能编成“花儿”唱，只能存在心里留作永远的美好记忆。

骑在驴背上，像只滚瓜，摇摇晃晃的，惹得一群在河里凫水捉鱼的孩子嘻嘻哈哈地笑闹起来。齐声地喊着：“新媳妇不羞了，骑上驴儿回家了。鼻一把泪一把，惹疼娘老子的心了笑一下。”新媳妇就催着驴儿跑了起来。那些孩子偏偏要的就是这种效果。马是鞭杆驴是鬼，跌下来不是胳膊就是腿。果然驴儿一跑新媳妇就乖乖地从驴背上颠了下来，摔得龇牙咧嘴的。孩子们不喊也不叫了，哗地扑打着水面跑远了。任凭新媳妇自个儿偷偷掉泪。

打发出去的丫头泼出去的水。新媳妇回到了娘家就成了亲戚，一切活儿哥嫂就不让她搭手了。亲人的目光亲亲的，话语轻轻的，怕她作难。她不管三七二十一，换了当姑娘时穿的衣裳，和嫂子并肩蹲在菜园里，头对头地悄悄说着话儿，忽而捂嘴笑着，忽儿扬头瞟一眼身后的树影，把时光忘在了一把青菜的叶子上。

亲　事

给儿子娶媳妇是娘老子一生最大的事情。春日里老两口就商量上了。后园子里今年该种些青葱、蒜苗、萝卜、胡萝卜，前院里该养些鸡娃子，三十只不够，五十只不多。种菜是细活。整好地，按季节买来菜子一样一样按垄种上，操上心浇上水就行了。养鸡是苦活。小鸡难养，这是人常说的一句话。

就是说鸡小了鹰抓害病的难守护，鸡大了饲料难觅，拌一盆麸子一群鸡扑过去三下五除二就啄光了，难伺候。可再难也得喂养，儿子媳妇的席面就养在前院里。

夏日，姑娘坐在大门外的石墩上纳着一双大号鞋底。远远地望着树荫下一群婆婆媳妇说着多梦的话题。姑娘听着烧脸的话儿，红了耳根，却又不经意地暗自笑了。有几个年轻媳妇过来，一把抢过姑娘手中的鞋底，看着姑娘的脸，嘿嘿地笑着，直笑得姑娘心里发怵。鞋样是媒人拓了小伙子穿的鞋底拿来的。鞋底是崭新的千层底，鞋面是新扯的条绒布。一根发亮的钢针在姑娘手里捏得发烫。年轻媳妇笑够了，却又不急于还回，仔细地看起了姑娘的针线，心里升腾起一股酸味，不由自主地忆起了自己曾经做鞋的窘样和喜悦。有时候，这个世界因有了媳妇们而生动，也因有了姑娘们而美丽。

秋天，庄稼黄了，秋果熟了。用清晨雨露洗了脸的姑娘脸盘子终放出了清亮的光。明眼人一看就知道这个姑娘快要出嫁了，可姑娘偏做出拒不出嫁的神色，让同龄的姑娘们猜不透她的心思。夜深了，万籁俱寂，姑娘一骨碌爬起来，点燃一盏煤油灯，对着一面老古的破镜，眯了眼照看脸上的油点。照看着，心里哗地一热，一股暖流充溢到了脸上，红彤彤的，血染了似的。破镜里映出了一个羞涩的微笑。姑娘也成熟了，像挂在树上的秋果，该是采摘的时候了。

炊烟连续白天黑夜缭绕了几日，一股股油香味弥漫在村子上空，抖荡着村里男女老少的胃口。傻子全福满嘴流着涎水，在村道上来来回回地寻觅飘出油香的巷道和大门。一个劲地高喊着："谁家有营干呢？我吃油馍馍。"有好事者就指了一个穿红衣裳的担水姑娘。傻子全福就跟了去，姑娘一羞，丢了桶跑回了家。村道上就传来一阵爆笑。笑声惊动了喜鹊、鸽子、麻雀，还有蹲在墙头上的一只狸猫。

雪后的中午，耀眼的土路上有了叮叮当当的铃声，一辆披红挂花的牛车上篷着红毯子，摇晃着。牛车后面跟着一溜马队，骑了人，都嘻嘻哈哈地说着笑着，这是一支娶亲的队伍。土路坑坑洼洼的，赶车人小心地往后瞅着。牛车颠簸着，里面坐着的新媳妇和伴娘却不敢吱声，怕被赶车人听后笑话。新郎的目光暖暖的，亲亲的，骑在马上，定定地瞅着车篷，心里突突地跳着，像揣了只兔子，有一种莫名其妙的喜悦不时地袭上心头。一只喜鹊跟在马队的后面，飞上飞下的。新郎觉得有趣，便直了眼看着，忘了是骑在马上。马也忘了在骑走，一个趔趄，新郎便直直地栽下了马，滚了几滚。好不容易爬起来，头上早冒起了一个包，青青的。新媳妇和伴娘听人说新郎从马背上掉了下来头上摔了个包，忍不住从车篷里往外瞅了一眼，看新郎摔得像只土老鼠，便扑哧一声笑了。车过了河，过了一个村庄，引起了一村人的观望。有几个担水的姑娘互相嬉笑着追打着，说着一些姑娘家的怪话，让人忍俊不禁，又浮想联翩。

一群孩子站在粪堆上观望着村道，有个眼尖的孩子声嘶力竭地大喊："新媳妇来了。"这一喊，就喊出了热闹。灶房里的火旺旺地燃烧了起来，碗盏磕碰着发出了铮铮的喜乐。该忙活的人忙活起来了。

一场农村的爱情故事才正式开始。

生 养

月亮昏黄得让人心焦。野狐子扯直了嗓子叫着，惊了胆小的驴。月亮应该亮一点才对，十四十五的月亮，咋就这么暗呢？赶驴的男人对骑在驴背上的一个老婆子说着。老婆子不应答，双手扶了鞍子，昏昏欲睡的样子。她是心不急的，走惯了这样的路，见多了那样的事，注定她是心硬的。男人心急了，手中的鞭子不时地落在驴屁股上。野狐的叫声像她媳妇的呻吟，又像是一个婴儿的叫唤，他的心就焦了。月亮昏暗，凌乱的云向西飘移，像催命鬼催着。路像一条曲折的皮绳铺在山梁上，野鸡不时地蹿出梢棵子，飞向一片开阔地。男人心急了，山下是河，河水明晃晃的。驴总也走不快，其实，驴就是飞也是不快的，因为人心是焦急烦躁的。

一阵铁器叮当的碰撞声打破了夜的寂静。一个男人在泉上舀水。这是女人的活，现在却由男人来承担。水舀满了，男人却坐在泉边的石块上，思谋着一个又一个的问题，忘了担水回家。一阵狗叫，他猛地打了个激灵，挑上水桶飞似的回了家。

一木盆热水端进了他和媳妇的房间，他却被那接生婆一把搡了出来。看一眼就够了，傻了吧唧地像憨娃娃。接生婆的话音里有一些微微的不爽。媳妇像只被捂住的羊羔，喊得有声无力。

“生下来了吗？”门外的声音乏乏生生地问。

“缸沿上跑马呢，又不是母鸡下蛋，等着去。”

一声声尖利的锐叫扰得整村的狗叫得凶狠狠的。

他想不通也想不明白。媳妇又不是没生过。但生头胎的时候，他出门在外，不在媳妇身边。他心里坦荡了一会。媳妇的叫声像扎了刀子似的惨烈，他心里就有点害怕。他腿软软地起身，拉过狂吠不已的狗狠狠地踢了两脚，狗便不叫了。院子里就只有媳妇惨烈的锐叫了。

月亮周围涌动着淡薄的云彩，像娃娃们抹脏的泪脸。

狗安静了，鸡却叫了。

男人在屋外踱来踱去，心焦地等待着一个生命的降生。

黎明来临了。一声凄厉的惨叫划破了夜空的寂寥，穿透了云层。一声尖脆的啼叫震得媳妇晕了过去。又一声脆烈的啼哭把媳妇震醒了。

接生婆大功告成地隔窗喊了声："你来看，你儿子生下来了。"这时候的男人浑身像是抽了筋散了架，坐在门槛上起不来了。

男人喃喃自语："真主啊，知感您的慈悯，这个家里又多了一个庄稼汉。"媳妇沉沉地睡去了，似乎再也没有醒过来的意思。

赶山的女人

丰腴的洮河进入腊月就结了冰桥。河两边几十里外的人就有了桥，桥是自然形成的，有了桥就有人过桥进林割毛竹。

夜半，一阵狗叫，寂静的夜就有了一时半会的喧嚣。大门吱吱地响上几声，村街上咚咚地有脚步声跑过。村口有几个人影在晃动。手电筒一明一暗地指引着最后出村的那个人。

一帮女人的喧闹声洒了一路。

路是土路，碗大的石块横亘在路上。有人腿脚不利索被磕翻了，一阵笑语声惊破了夜空，星星就眨巴着眼静静地看笑话。

走在冰桥上，有人脚步嚓嚓地，显得铿锵有力；有人裤筒扑扑地扇着，心跳得挪不开步。一只兔子走在冰桥上，回首望了一眼身后过桥的女人，便噌噌几下钻进了对面的山林里，像只引路的幽灵。

阳光斜斜地照着。女人们干裂的嘴唇没有血色。身子骨乏困地躺在竹捆上，手里捧着干粮却怎么也咽不下口。这哪是女人们做的活。几天前，不信服男人的女人咬牙商量此事的时候，显得神气十足。现在却大眼瞪小眼，在心里开始怨恨那个起头的女人。可谁先起头的呢？谁也想不清楚。

青青的大山高耸在河那边，山上的松林绿幽幽的钻不出头。松林中间丛生的竹子贼头贼脑地窥视着歇乏的女人，在风中摇晃着，像随风飘扬的鞭梢。

女人们咬牙切齿地背起竹捆，麻绳深深地勒进肩膀上的肉里，生疼生疼的。这时的女人没有了笑语，只有哼哧哼哧的喘息声。绿幽幽的大山、白晃晃的冰河、圆滚滚的石头，都显得沉重无比。就连那一轮斜阳也沉重得像注了水，抬不起昏黄的头颅。

背风的山洼里，对男人的疼肠绕了几匝。

有几滴悔恨而又痛苦、心疼而又无奈的泪水偷偷掉落在厚厚的尘埃里。

一群男人披着棉衣迎着疾风站在村口，张望着村道上一群蹒跚而归的黑影。有意把一声声做作的笑声传向村道。村道上的黑影便咬牙切齿加快了脚步，强作笑脸也暴出了几声嘶哑的笑。

男人们要接背上的竹捆，女人们都拒绝了。假殷情。在村口接算什么本事。可心里却都酸酸的，像灌了酸菜汤。眼泪在眼眶里打转儿，甩一下头，泪水就噗地溅在尘灰里。

夜深了，女人们却无法入睡。一会儿想着自己一天的艰辛，一会儿又想着男人们一年四季的辛劳。

女人们彻底服输了。

踏踏实实做女人是女人的本分。

孩子们的山野

山绿了，羊肥了。

歌儿唱起来了。

狗蹄子花红遍了山野。孩子们的心躁动了一春。蓝天活泛得像姑娘手中的花样，一天一个成色。白云朵像盛开的白山丹花点缀在蓝天上，招惹着孩子们的心。

羊走在山道上，满眼清澈的渴望。孩子们坐在山坡上，满眼跳跃的欢喜。

花开了，孩子们的心花也开了。

一只蝴蝶翩翩起舞飞旋在头扎红花的小姑娘的头上。

一个男孩看见了蝴蝶便想起了娘说过的话，让那个姑娘赶紧闭口，说话的当儿，一只蜜蜂嗡嗡地飞鸣，孩子们便不言语了，只用手打哑语。

几双眼睛怪怪地看着那个男孩。

蝴蝶和蜜蜂飞走了，男孩重复他娘的话。说蝴蝶和蜜蜂来了要小心，不要张嘴，一旦蝴蝶和蜜蜂钻进嘴里咽下肚子就会变成小姑娘和小男孩生下来。听男孩这么一说，想生女孩的孩子就去追蝴蝶，想生男孩的孩子就去追蜜蜂。可追得蝶飞蜂逃，终究不钻人的嘴。也终究不钻羊的嘴。

这是一个孩子的神话，也是一个孩子的梦，春天的梦。

可羊的梦在哪儿呢？

迷路的人

太阳在山道上每天只走一趟，遇到刮风下雨的时候还不来也不走。可有一个人在山道上转了几圈，最后上了山梁，坐在了牧羊老人的身边。

牧羊老人手里捏着一朵山丹丹花，一朵马莲花，出神地望着。任羊儿撒在山上，像朵朵白云飘在蓝天上。那个人和牧羊老人开始攀谈。说天气，谈羊膘。末了，老人说："年轻人你可以帮我把羊收回来吗？"那个人答应了。等把羊收回来，老人却在另一个山头上睡着了。

山下的田里有个年轻媳妇在拔草，弓一会腰，一捆杂草就被随手甩上了地塄坎。那个人下了山，没盐没醋地和年轻媳妇搭上了话，说起了天气，谈起了庄稼。年轻媳妇看了一眼他，便笑着说："你帮我把那捆杂草背出地吧。"那人进了地背草，出了地，等他一回头，拔草的年轻媳妇早跑得不见了踪迹。

田边有个老女人在牧马。那个人便走过去和那个老女人谈起了马膘。老女人听着，好奇地点着头，不搭话只是用眼睛静静地听着。那个人问得紧了，那老女人便哑哑地打起了手势。

原来老女人又聋又哑，完全听不见人语。

太阳像一个偷了东西的孩子，迅疾地跑下了西山。

那个人急了，他还不知道他要到哪儿去。他还得找人去问路。

一个村子静寂地坐落着在山那边的阳坡上，几股淡淡的晚炊的草火烟升腾着缠绕着。村边树林里几个孩子放声唱着流行歌曲。

几只鹰盘旋在村子上空，在烟雾里穿来钻去。麻雀入了林，家鸡进了窝，几只山雀惊恐地躲在一棵刺丛里不敢出声。

一头牛在河边喝水，身后的小牛蹦蹦跳跳的。

人也好，飞禽也罢，就是不知道那个人要到哪儿去。

那个人进了村，问一群踢毽子的孩子他要去的地方。孩子们一听便哗地笑了，不再理会他。有个孩子悄悄地说：“不会笨死吧。”

一个担水的女人领着那个人走了。

进了门，止住了犬吠。女人说：“你要找的人不就是我吗？”

那个人就哇的一声哭了：“娘，儿子看你来了。”

担水的女人也哭了，哭得悲恸欲绝。

那个人哭得天昏地暗。

这是一场人间喜剧的序幕。

原始爱情

秋黄了。

田野里的庄稼收完了。几个小伙子架着二牛抬杠翻场，几个女人抡着榔头打胡基。场外的几个姑娘嘻嘻地笑着，笑得开朗而又放肆，一声声传进翻场的年轻人的耳朵里。有个小伙子假装去尿尿，到场外瞟了几眼姑娘，姑娘们便止住了笑。指指点点的，又轰地笑了。小伙子脸一红撒腿跑了。

有一个姑娘却始终没有大声说笑，只是不时拿眼瞅几下一个穿红衬衫的小伙子。小伙子也偶尔回首望几眼，却不作声。正是青春萌动的季节，也是秋果收获的季节，也该是爱情收获的季节。然而年轻人们更多的时候是用眼睛在说话。一个眼神就是一段话，也是一个用意，让人忙活得不行。

翻完了场，盘完了场。有个姑娘早晨出去割草，出门后望见了在场上忙活的那个和她的眼睛说话的小伙子。便立在一块石头上踮起脚扬脖张望那个小伙子。小伙子也在忙活的空儿瞅机会和他的心上人用眼睛说话。一对年轻人就这样没有说一句话地互相瞅着，这一情景让明眼人发觉了，不好打扰，就招呼人坐下歇场。

牛在圈里饿得发昏发躁，一声声哞叫传出了院门，可就是不见草料。姑娘的父亲等急了，出门去找，却发现自己的姑娘立在大石头上，眼神怪怪的。随了姑娘的目光，发现一个小伙子的目光也怪怪的。父亲明白了几分，悄然回了家，怕羞着了姑娘。

冬日里，农闲了，村里放了几场电影。父亲知道姑娘的心事，早早地关了门上了锁，姑娘也没有啥动静。等放电影的喇叭一喊，村街上响起了去看电影的脚步声，姑娘的心境就乱了，像热锅上的蚂蚁焦躁不安，坐卧不宁，脸盘子拉得老长。父亲见熬不过，让母亲陪了去。

电影在一处空场上放，幕布架在两棵大树的中间。电影是《咱们的牛百岁》。正在牛百岁惹笑人的空当，小伙子摸到了姑娘身后，一把牛奶糖塞在了姑娘的手里。母亲闻到了一股奶香，转身看了一眼，却看到了桃花样粉红的脸色。

夏日里，年轻姑娘在河边洗衣服是一道靓丽的风景。只要姑娘们把搓板往河边一搭。小伙子们也就会拎一两件衬衫来洗，虽然干净，但洗无妨。但小伙子却又不洗，把衣物放在某个姑娘的身边，脱下鞋到一边打扑克或玩水去了。下午回家的时候，衬衫洗净了，鞋里面还有了一副绣着双蝶飞舞或是鸳鸯戏水花样的鞋底。

农村的朦胧爱情故事就是这样悄无声息地发生的。

飞呀飞

春天。

山绿了，大地绿了，人心也绿了。山绿了要开花，人心绿了不守家。牛羊往山上跑，泉水往小河里流，小河往大河里淌。

门前的大白杨树枯了，落了皮，像朽骨，白晃晃的。看家的狗卧在枯树下，撒了泡尿，不动声色的，像特务。一群鸡娃子刨来啄去的，追着一团苍蝇，满院子乱飞。门洞里的蚂蚁窝被鸡踩成了废墟，几只蚂蚁爬在门框上哭泣，可又不敢出声，怕惊醒了觅食的鸡娃子。几只鸽子凌空飞翔，不肯落脚，更不肯落在这家的院子里。一看就知道这是一个穷家。

这家的主人，确切地说是一个上了年纪的老婆子，坐在门口的石块上纳着一双小脚鞋底，鞋底怪怪的，像懒婆娘切成的面叶子。

儿子还没有从地里回来。早上出去的，快下午了还没有回来。儿子是她的命根子，没有儿子，她的生活就没有指望了。儿子的父亲殁的时候，儿子还没有出生。儿子的父亲一殁，她就动了胎气，不足八个月就生下了他。那时候她想是养不活他了。可他偏偏命大，灌着拌汤吃着菜叶活了下来。一晃就长到了十七八岁。可儿子一长大，心就守不住了，一心往外跑。往外跑也得有个收救的人。儿子已经向她提了好多次，她就是放不下心。儿子身子骨弱，禁不得大苦。有时候，她就想，是不是把儿子圈弱圈坏了。可她也想不透彻想不清楚。

黄昏的太阳像头懒牛慢慢地爬上了西山，可又像被谁抽了几鞭子，迅疾地跌下了山。老婆子还坐在门外的石块上纳着鞋底，眼里有几滴清泪。擦湿了衣袖。

傍晚，她还坐在门外的石块上纳鞋底，眼里潸潸流下一些浊泪，浸湿了鞋底。

夜深了她还坐在门外，怀抱一双鞋底，像一位思考者，一动不动。

落露水了。她起身抬起僵硬的腿进屋。

儿子已经飞了。终是没有回家。

大地的噩梦

最惨烈的日子是在秋尽冬初。这时候，天干地燥的，刚冻了地皮，但地皮下面也还酥软。

一把把镬头狠狠地掘进山坡的肚皮上，翻起一块块炕桌大的带草皮的胡基，晒在太阳底下。日子在尘灰飞扬中一天天推过，山坡在尘灰飞扬中被翻肠倒肚。一张张脸看着满坡的地皮，露出了一排排洁白的牙齿。那是艰辛劳动后带着乏困的会心的笑。翻出的胡基在腊月里由垒灰把式垒成炕洞样子，用柴火焚烧上十天半月，把胡基烧熟烧透然后上地。这时的土地咧开一张张大口笑了，笑得惨烈而富有深意。满山觅食的牛羊哭了，哭得伤心至极。再这样翻腾着挖下去，山场上就没一处可以生草的地方了。烧了灰的地方，生出了一丛丛的醉马草，让牛羊望而生畏，敬而远之。

大冬天的，一阵阵旋风向山梁上袭来，卷集着尘土自山坡上滚滚而下，昏暗的风尘掩盖了村子。

来年雨水顺，庄稼有了好收成，队长把这一功劳归于烧荒。于是来年初冬，男女老少齐动员，把个山场终于掘成了灰场。这一年，雨水不顺，天旱地旱，庄稼蹴在地皮上起不了身。而那开挖过熟灰的山场像害了秃病，牛羊饿得满山乱转。那些小型食草动物兔子之类的则跑到地里啃不肯起身的麦苗，叫守田人防不胜防。

过了几年，山场上长出了醉马草，春天里看起来山场是恢复了绿意。牛羊欢快地向山场上跑，可到了山场上，牛羊却失望地摇头甩尾。

好多年山场上再也没有长起那些开着碎花的小草。

小草的种子在小鸟的粪便里带了来，乘坐风车带了来，在醉马草的夹缝里偷生偷长，挤兑醉马草。

一些碎花开在了醉马草丛里，山场上开始有了牧童的欢笑、肥壮的牛羊，还有一些撩人心境的动听牧歌。但这样的日子不长久。大地上又刮起了一阵开荒风。

一片片犁铧，一把把镢头又开始了对这片山场的开膛破肚。山场上围起了一条条田埂，横横竖竖地开成了地。碎花草消失了，醉马草也一夜之间堆起来烧成了草灰扬在了地里。

兔子逃往别处去了。山场上已没有了它们的憩息之地。那片山场已不属于它们了。野鸡啊，山雀呀，被一场风刮走了。

春天的山场除了绿意没有鸟语虫鸣。

夏天的山场除了青翠没有山花烂漫。

秋天的山场除了麦黄没有草果飘香。

冬天的山场除了尘埃飞扬没有草枯鹰翔。

村子里少了羊，而后是少了牛。也少了以往那种牛羊满圈的景象。

泉水干涸了。一辆辆拉水的架子车来往奔走在五里之外，拉着一点可怜的山泉之水。

村里人的脸上有一种久旱干渴的神色，诉说着村子里昔日泉水叮咚、鸟语花香的记忆和梦境。

兔子的梦，鸟儿的梦，牛羊的梦似乎都很遥远。只是人们的梦浮现在眼前，令人措手不及，也始料不及。

人们的美梦已彻底破灭。

大地的噩梦才刚刚开始。

丧　事

清晨的村子里有悲戚的哭声远远地传来，吵醒了那些看家护院的老狗，也惊醒了寂静了一个夜晚的村子。

那些戴白帽子的年轻的年老的男人们礼完了晨礼，神情肃穆地从清真寺里走出来，径直朝那传来悲戚哭声的院落走去。

早早起来给公婆兑了洗小净的热水前去泉上担水的年轻媳妇自言自语道：“又有人殁了。”她们就显得神情肃穆，略有几分悲戚。于是她们就知道接下来该做些什么了。家中的老人都要去殁了人的那家慰问慰问，也给亡人做些祈祷。年轻人则要到坟院里去打坟，而她们女人就留在家里蒸馍馍、炒菜，招待前来送亡人的亲戚和各清真寺里的阿訇。

慰问亡人亲属的老人们则陪着哭亡人的人哭上一阵，抹上一阵眼泪，然后再劝上那么几句，再抹上一阵眼泪。这抹眼泪的当儿就会想起自己的痛苦和伤心事来，在亡人亲属的悲哭中把自己哭成一个泪人儿。但哭也只能是悄悄地哭，悄悄地掉眼泪，绝不允许号啕大哭。你的艰辛、你的寒苦、你的伤痛只能往肚子里咽。

而在坟院里打坟的人则没有那么多的要求，尽管把坟打好，专等晌礼后把亡人送入坟墓，尽到并且尽好活人的义务。那些会思考的年轻人则默不作声地蹲在一旁望着坟院里一座座紧挨的坟堆，思考过去，也会思考自己将来在坟院里被送掉的情景。

亡人的家里人进人出的，都是前来探视亡人的亲戚和朋友。这是他们最后一次与亡人的交往了。

也有一些人家或是邻居给亡人的亲属端来了早饭。亡人家里这一日是不动烟火的。其实，这一天亡人的亲属正处于悲痛中，他们是没有食欲的。

太阳哗地跌进了院子，人们吃罢了早饭，该给亡人行水（洗尸）了。男人由男人行水，女人由女人行水。给亡人行水穿上尸衣之后，亲属们就不能瞻仰亡人的遗容了，这时候的亡人已经脱离了顿亚（世界），与世人没有任何牵连了。

接下来，由年轻人步履轻缓地把亡人抬到清真寺里，等晌礼结束后由阿訇领着礼了殡礼，再仍然由年轻人们抬到坟院里由阿訇下到坟墓里。三锨土丢下去，阿訇就开始诵读《古兰经》，众人接了嘟哇，作了祈祷，一一与亡人的男亲属握手而别。这时候坟院里就剩下亡人的亲属，还有一堆崭新的坟土，孤寂地在坟院里任凭风吹雨淋。亡人的亲属们同样念了《古兰经》，接了嘟哇，作了祈祷，再悲痛地望上几眼亲人的坟墓，满面流泪地离去。

去世的已经去世了，但活着的人还得活着，还得生活，还得在世俗的人情追往中奔波。

再后来什么念经啦、纪念亡人啦……都是活人给亡人尽孝而已，已经没有多大的意义了。对穆斯林而言，活着的意义就是虔心拜主，一生谨记履行清廉的干办，积极地服务于社会。

年复一年，坟院里的坟土塌陷下去了，再过上那么十年二十年，就没有人认得那坟墓的主人了。而只有那清廉的干办在人世间发着熠熠闪亮的光彩。

人的一生还有什么呢？

我的乡野

一

我沐着晨阳听着鸟儿的歌唱，踏着清清的露水牵着弯角老牛走在屋后田间的小路上。太阳在我轻盈的脚步声中一节一节地升高，熨斗般拂拭着我的身体和心灵，老牛悠悠地甩着它的长尾巴轻扫着我的脸面。露水清洗我臃肿的脚面，清风洗刷着我朦胧的心境，母亲带着日出的微笑向我挥着她丰腴的手，我知道我该回报以她灿烂的一笑。我看到了老屋上空缭绕的炊烟，摇摇晃晃，幽幽蓝蓝，我从老牛的眼眸里读出一点感激。我牵着老牛走在屋后的小路上，我在选择一片丰腴鲜美的草地。

二

这头牛不是我牵着出去的第一头牛，其实我也不知道它是我牵着出去的第几头牛。我牵着牛走完了屋后田间的小路，来到了河边，这条河在我的心底里流淌了好多年，它也流淌在我的梦中，正是因为有了它，我才走不出我的梦境，也走不出我的童年、我的记忆，更走不出炊烟缭绕的老屋。

河水哗哗地淌在我的心底，牛缰绳随着河水的清波在颤动，把我的记忆和留恋传递给流走的河水，我知道我还有很多记忆在那清波里的颤动中苏醒恢复。嚓嚓啃草的老牛看见了它的同伴，竟撇开我，我羡慕至极，那里是不是还有我的同伴呢？太阳笑微微地望着我的后背，蓝天上飞翔的几只鸟鸣叫着一掠而过，我看见它们在我家老屋上空摇摇晃晃的软烟里旋转着不肯离去，它们是不是看到了我母亲衣衫上面的花朵，留恋那上面的馨香还是闻到了人间烟火的辛辣呢？去吧，去吧，在无垠的蓝天上飞翔，尽情地谛听河流的歌唱，观看云彩的舞蹈。绿野是你们的温床，蓝天是你们的缎被，海阔天空任鸟飞，而我只能看着老屋上空的炊烟浮想联翩，我的母亲现在正在干什么呢？我不能不想，还有我的父亲是躬身在那片土地上劳作呢还是和上一堆泥裹墙呢？我的记忆里自始至终抹不去他们辛劳的身影。

我趴在草地上，聆听大地的跳动，看着一棵草的微笑，一只虫子的舞蹈，我把儿时的心境放展在一片正在疯长的草地上，悦耳的音乐般的流水声激荡在我的周围，我已经融入大地里面，我跑过去看我曾刻过名字的那棵大树，我的名字怎么就不见了呢，那棵树它到哪儿去了呢？我记得，那年我刚上二年级，只学会了几个字就在我的同伴中间炫耀，把名字工整地刻在了树身上，后来我在放牧的牛和羊面前炫耀过，我不知道能否找见那些牛和羊，可我上哪儿去找呢？我在记忆的树林里、山坡上、河流中寻找。一只虫子爬上了我的手背，它认出了我，它从我的汗腥味中知道是我来了，看，来了一群虫子，它们都是我放荡童年的朋友。我的肚子饿了，我闻到了母亲烙熟的饼子的香味，我得回家了。

我喊了一声，牛没有答应我，它正埋头在一片鲜美的嫩草中，它已不再贪恋白云、飞鸟、流水，还有牧童的歌唱，它也不再像年轻时满山撒野狂奔，追得我喘不过气来，现在它却淘气地微笑。它的野劲哪儿去了呢？是不是像我一样把一切都留在了记忆当中呢？我不知道，我只能瞎猜，唉！那只羊还在圈里，它肯定饿了。我得赶紧回家。

三

中午的阳光明晃晃的，青草上的露水跟了太阳的光束冉冉上升，汇集成云彩在蓝天上舞蹈，似停留的飞鸟，似垒起的棉团，似滚动的雪球……母亲又站在路口望着我远去。中午，我牵着出去的是一只羊，是一只和我同龄的老羊，我后悔没有在早上牵它出来让它尝到带露水的青草。不知从何说起，我真应该感谢它，在我上学的那几年，由于它的温情、可爱、听话，我完全可以不去操心它，不怕它钻人家的麦田，也不怕它独自溜走，更不怕有人突然揪着我的耳朵拎我起来，我可以尽情地阅读小说、背诵课文。虽然很多时候我都在放羊，可我的语文成绩从来没有下滑过，今天，我该牵上它到水草丰美的地方走一走，转一转，感谢它当年对我的支持和帮助。

河边的树林里各种鸟儿在歌唱，我牵着令我感激不尽的羊坐在阴凉里，我的心里似有一股子甜汁在流淌。我闻到了一股熟悉的奶腥味，我的心里又泛起了一股欲望，我想吃羊奶。当年，当母亲把一大碗温热的羊奶捧到我的眼前时，我睡眼惺忪地接过一饮而尽，母亲欢喜的笑容就从容地贴在她布满沟壑的脸庞上。她知道她的儿子已有了足够的营养，但她从不操心自己，仿佛那只羊是专为我而养，我因吃羊奶考上了学，我也因为吃羊奶记住了白色、甘甜、润泽等一类词语。后来，当有人问到我的性格时，我说我有人凶残的一面，也有羊温顺的一面，说我有人凶残的一面是因为我一刻也不歇息地吃羊奶，不顾羊的死活；说我有羊温顺的一面是因为我吃了羊的奶而变得有了那么一丝同情心。树荫下，羊温柔地看着我的眼睛，我数着它的角缠，整整十几圈，它老了，的确老了，而我正年轻，是因为吃了它的奶的缘故。

我刻了名字却找不见痕迹的那棵大树就在我的眼前，因为它的一根已经枯干的枝丫上挂着我儿时编织的一只蚂蚱笼子，很旧地藏在一片嫩叶中间，我知道我该做些什么了。

春天是肥美的，春天的太阳像只厚重的棉被蒙在头上，但是挡不住行云流水，更挡不住我与大自然的耳语交流，云朵里的音乐，山谷里的韵律，田野上的歌唱，激悦心灵的震荡，掩饰不了人生的一点愿望，永远渴盼着希望。

母亲把一只羊羔子接生下来时，母亲知道她的生活中又多了一份责任，又有了一份义务。那个夏天母亲的衣衫上渗出了辛劳的油，是汗油？奶油？为了儿女，她还有什么要求呢，没有。我是站在母亲田野上的小羊，我是田里的一棵庄稼，我需要母亲的呵护。我把母亲的疼爱藏在了心底。我吃过这只羊的奶，我也吃过母亲的奶，我知道我更该关心这只羊才对。太阳笑嘻嘻地看着我的脸，我的羊该吃草了。我牵了它走出树林，我要寻找一片丰美有流水的草地，让我的羊吃上一顿好草，完了我还要把它的圈修一修，我要让它有个温暖的家。它是我家中的成员。我为寻找一片丰美的有河水的草地牵着它一路不停地走了下去……

夜黑了，我还在走。

四

父亲在老屋周围栽了很多树，很多白杨树。父亲说前人栽树后人乘凉。父亲的话很对，等树长大时，他已经老了，他不需要阴凉而是需要永恒的太阳，父亲的永恒的太阳在哪儿呢，我原以为父亲是我永恒的太阳。我稚嫩的身子骨还需要太阳也需要阴凉。那些白杨树绕着我家的院墙齐茬茬地围了个结实，但父亲却没有在那里乘凉，他栽树是为了儿孙。那一年雨水多，大地被泡得虚蓬蓬软晃晃的，有些人家的房基倒了，唯有我家的房基没有倒塌，是白杨树吮吸了房基周围的水分。因此，树大了虽然遮光，但父亲却没有砍一棵树。

父亲在栽下白杨树的同时也植种了希望，乘凉是小事，而盖房烧火做饭是大事，父亲想得多周到啊。生活是过日子，而过日子就没有那么简单了。正如我牵着的这头牛，我记得它年轻的时候称霸一方，时时刻刻都寻思着要跟别的牛斗上几回合，全村没有一头牛是它的对手，它是父亲调教出来的，当然不能有任何的失败纪录，若是那样父亲的脸上会没有光彩，这是一个农民的思路。但还是失败了，它老了，成了一头老牛，一头需要人伺候的老牛。只有树没有老，它还在疯狂地生长。

我一手牵着牛一手牵着羊，我发现了一片丰腴的草地。它们都是这个家庭的成员，我们要像待承老人一样待承它们。它们年轻时，母亲用它们的粪便烧过炕暖过父亲伤残的腿，治好过大弟的凉心口子。现在它们老了，该享受了，可它们在哪儿享受呢？它们没有活干，太阳酷热的时候它们可以在父亲栽的树林里乘凉，这是它们的权利。你看，邻居家的老人还不是扛着锄头、铁锨、榔头在炎热的阳光下挥汗如雨，他们还没有我家一头牛或是一只羊清闲和安逸呢。我绕过了树林，穿过了小河，来到了那片我心仪的草地上，我的童年就在这里，我在这里打定主意寻找下去……

五

我追着一群鸡在跑，是这群鸡啄醒了我童年的梦，我要找回我童年的梦，还有我的伤心。我要在一篇日记里记上我对几条小鱼的观察，可是当我寻找本子的时候，我的鱼不见了，这群鸡甩着长脖子，“咕咕”地叫着跑着，我知道是它们闯了这个天塌下来的大祸，我要惩治这群鸡。

我放飞的风筝被白杨树挂住了绳子，总的原因是树太多，我要砍掉一些树。斧头在哪儿？我找不见，父亲找来了斧头问砍哪棵树？我指着场边上的树说都给我砍掉。父亲说你自己砍吧，他竟然头也不回地走了。老树的皮很硬，斧头砍上去像砍在石板上震得我虎口一阵发麻。我没有力气砍树，我不能胜任这样的工作。

我爬在树冠上，观看远处麦田里那只偷嘴的羊正在嚓嚓地啃吃麦苗，我知道我应该行动了。我手拿赶羊鞭迅疾地下地上山，我要做一次好人好事。可到了山上，那只羊原来是我家的那只馋嘴羊，羊还没有从地里赶出来，我就被麦田的主人抢过手中的鞭子抽起来，抽得我浑身青一块紫一块没有一块好皮肉。我后悔去做好人好事。我恨死了那只羊，它不是我的那只羊。要是那只羊就好了，假如它吃了麦苗我会情愿替它挨一顿鞭子的，但那是假设。我对那只羊恨得要命。后来终于挨不过大家的骂，父亲便使我去磨刀，我知道那是父亲让我磨我的心。磨刀需要耐心，那时候我是没有耐心的，这谁都知道，我知道我的耐心。到现在我的心还没有磨好，总是心急干不好事，大家都知道我的这个毛病。都说我粗心。我真是粗心，我怎么就忘记我是在说我的童年呢？我不说该有多好，人们就不知道我的这个毛病。我该闭上我的臭嘴巴了。

我的童年在哪儿呢？我怎么找不见呢？只有这么零星的一点记忆，够了，够了。还是让我牵着的这头牛和这只羊吃饱肚子吧。

六

我该回家了。母亲又像往年一样把晒干的野菜分门别类地归好扎紧，晾在树枝上等着我拿。这些野菜又该充实我的生活了。现在我已经成了城里人，但我还算不上真正的城里人，城里人吃野菜是调胃口，而我吃野菜是为了治病，因为我有胃病，我的身体一直不好，令父亲和母亲担心。从那野地里回来，我才发现那头牛和那只羊已经老了，老得啃不动青草了。而我的父母也老了，老得人心疼。我要是一棵草有多好，我要是一棵草，我就喂肥牛和羊，然后再让父母亲吃上炖熟的牛羊肉。可惜我不是一棵草，我是一个即将朽坏的人。我背回一背父母亲从地里拔来的一捆杂草，我背着杂草，闻着杂草上混杂着的汗腥味，是父母的味道还是我的味道我说不清楚，不过，我已闻到辛酸、苦涩、甘甜，也有几分无奈。我背着草躺在院子里的台阶上如痴如醉，从这捆草上我看到了我的童年，我听到了我的童年和青草的对话，我也看到了我童年时候飘飞的身影。

我听到了歌唱声，找见了我初恋的情人，也听到了老屋屋顶上那片叶笛清脆悦耳的笛声。

我记起了我童年的一切。

我看到了我身心成长的整个生命历程。

傍晚的太阳正擦过山顶，一抹晚霞映红了老屋，一朵暗红的流云正在孕育着明天的一片灿烂。

乡官工作手记

我在县委办公室工作了整整十年，与文字打了十年交道，2005年12月份，县委一纸调令，我被任命为本县流顺乡党委副书记。在农村搞工作比起在县上有难处，毕竟你要面对群众，和群众打交道。但是，我最终还是听从了一位挚友的劝告，卸下了心灵的重荷，抱着克服困难服务底层弱势民众的心态来到了乡上。然而，到了乡上我才知道乡上的干部很辛苦，也很寂寞，更有些无奈。辛苦的是像春倌一样在村里跑来跑去地做群众工作，处理棘手的事情；寂寞的是夜生活像幔帐一样遮盖着无法打发，觉得夜长得无法过去，娱乐活动也少得可怜，觉得生活没有一点生机。读书成为一种奢侈的行为，你根本没有时间读书。无奈的是面对进进出出哭泣的弱势群众无力相助，为数不多的民政救济救灾款简直就是杯水车薪，乡上的干部时常研究一些带领群众脱贫致富的路子，可要发展就需要钱，钱从哪里来？县上拿不出乡上更筹措不了。县上拿不出也难怪，这么个大县，十几万人张口吃饭，自然条件这么恶劣，人的文化素质又低，让群众富起来并非是一朝一夕能解决的事。

更让干部无奈的是还有一些群众，本人既无文化更无任何生存技能，他们的困难程度让乡上干部头疼不已，让人觉得他们既可怜又讨嫌，既蛮横又幼稚，既值得同情又可笑。因此，我决定把我在乡上的经历和所见所闻记录下来。

浑浑噩噩的“红脸”

北风呼呼地吹着，我缩在乡上这间房子里，听着风声，偶尔向窗外瞥上几眼，看有没有雪飘下来。天旱了两个多月，尘埃落在了擦了几遍的办公桌上，眼睛、鼻孔、口腔都有点干涩，渴望有场雪哪怕下场薄雪，也就满足了长期受干旱困扰的人们的心理，但雪像是被吹走了似的，不管北风怎么刮，东风怎么吹，就是不落。这时候人心焦得像烘烤着的半截干柴，焦灼得没处放。今天乡上也许不会有人来了。不管是县上的干部，还是村里的群众，恐怕都在暖和的屋子里打盹呢。想到这，人心里就有了一丝松懈和自我宽慰。

然而，在众人都不出门的时候，有个人偏偏还是来了。基于他的外表和长相特点，我暂且叫他“红脸”吧。他是来告状的。他进门时脸已气得发青，说话语无伦次，等他说完了话，我才听了个大概。他是为了孩子两块钱的试卷费而上访的。他说完了话，气并未顺，又张口骂学校，骂教师，骂村里的干部都是白眼狼，是吃干饭的饭桶。我知道，这类群众是发泄怨气来的，让他发泄好了。他坐在椅子上脸红脖子粗地骂着，没有罢休的意思。骂了半个多小时，我没有阻拦，但他骂得太不像话了，简直是无理取闹，我的气也就上来了。我的脸色阴沉了下来，像外面的天气一样。

他也是善于察言观色的，见我的脸色黑沉了下来，他就止住了骂，伸手从内衣口袋里摸出了一页打印好的纸来，上面记载着学校收的钱数。我一看禁不住笑了，觉得他既可怜又愚蠢，既实在又令人无可奈何，总之，对他用一句话说不清楚。我劝他不要到处去骂人了，现在的乡村教师和村干部都很辛苦，尤其是村干部一年就那么一千来块钱的报酬，还一年四季得跑来跑去地处理村上大大小小的事务，既误了打工挣钱，又没人给好脸色，让他们够难为的了。再者你去破口大骂上一通，让他们够伤心的了，他们的一腔苦水又到哪儿去倒呢？我对“红脸”好言好语地劝说了一番，掏出20元钱交给他，让他把孩子的试卷费交了，不要难为老师。他有点感动，高高兴兴地走了。

“红脸”走后，我到包村干部那儿了解了“红脸”的情况。原来“红脸”的智力有点障碍，有好事者坐在阳婆旮旯里无事干，就拿一些微不足道的事情怂恿“红脸”，让其去闹村干部、学校教师、乡干部，把“红脸”当作他们取乐的工具。包村干部对“红脸”也做了很多工作，可“红脸”就是认死理，认为乡亲们说的就是实情，我知道了“红脸”的情况，觉得“红脸”太可悲了，可悲得有点可怜可叹。

好多天没有见到“红脸”了，心想他肯定是不听那些好事者的怂恿了。然而就在这样想的时候，“红脸”拖儿带女地出现了。那天天刚麻麻亮，我在睡梦中听到乡政府的大铁门咣当咣当地响个不停，以为是乡上的厨师上班做早点来了，也就没有在意，头一歪便又沉睡在了梦乡里。乡上待久了便生出睡懒觉的坏习惯，因为你起早了没事干。隐隐约约在睡梦里听到有人在争吵，睁开眼仔细一听，便知道是“红脸”来了。我连忙披衣下床出门去看。因为在乡政府里这样吵来吵去的，有些脾气不好的干部会被激怒的，更何况“红脸”是听不进任何道理的人。我出门一看，就忍不住笑出了声。原来“红脸”手拉着一双子女，打扮成乞丐的模样，像是要出远门讨要的样子。这次他是来向乡政府要灾民建房的。可是，灾民建房早在年前就实施罢了，已经没有那样一说了。干部们耐心地解释情况，他就是听不进去，威胁着说要是不给他灾民建房，他就要上县城上访讨饭去。面对他的大闹，我们每个人都想帮上他一把，可乡政府太困难了，实在是拿不出一大笔钱替他修房。他闹着没有走的意思，乡上干部集资了三百多元钱，让他暂时回家去维持生活，他接了钱数了几遍，说我还会来的，说得有点不好意思。“红脸”拖儿带女地走了，走得有点悲壮。

又过了一个多月，到了回族传统的尔德节，县经贸委给乡上拉了二十袋面粉，让慰问特困群众。乡上把“红脸”也列在慰问名单之中。然而，就在乡上领导和干部去慰问的时候，“红脸”竟鼓动其弟和老婆一起抢了慰问其他特困群众的几袋面粉，让乡上领导和干部很难堪，当时围观群众很多，像赶集似的，乡上干部连忙慰问了几户群众就撤了回来。“红脸”这一抢一闹后竟又好几个月失去了踪影。“红脸”就是这样一个人，让人哭笑不得，又让人奈何不了。有一段时间，我去省上争取项目，看到“红脸”在省政府门口转悠，好像是上访的样子。我停车过去劝“红脸”回家去，他拿眼瞪了我一会儿哧地一笑转身跑了，像一个活宝，让人无可奈何。其实他心里也明白，省政府门口武警战士荷枪实弹地站着岗，他是没有那个胆量进去的，更没有胆量拦截任何一辆进出的汽车。由他去吧，说不定他还能在省城谋上一份满意的工作呢。我看着他离去的背影既可怜又同情，这样一个浑浑噩噩的人，竟被别有用心的人怂恿着花钱上访。我真希望他能自己独立思考一些简单问题，明辨是非，不至于颠倒黑白，让他自己觉得这个社会还是有同情心的，也还是公正公平的。

在人来车往中，红脸的身影一点一点地消失在高楼的缝隙中。他去寻找自己的人生坐标和路途。但愿他不会再被别人怂恿着上访胡闹，能有一点活干，养活好自己和家人。我真不希望他再次出现时还带着让人无可奈何的寒酸样和拖儿带女的那种渴盼样，起码他还不是一个让人特别讨厌的人。

超生户的小花雌牛

国家免收农业税，让乡上干部彻底结束了秋末3个月走门串户的春倌生活，就剩下最棘手最困难也最令人头痛的计划生育工作了。咱们这地方偏居西北的青藏高原一隅，天凉，农业生产落后，群众的生活困难，文化素质低，传统观念一时难以改变。因此这项工作搞起来相当困难。在最远的路毛湾有一户计划生育钉子户，我刚到乡上时，大会小会必提此户。然而，乡上包村干部每次上门入户都扑了空，不见那户人家的影子，更不见罚来那户人家的一分罚款。

那户人家的户主是一位70多岁的老汉，膝下无儿，生有两女，大女嫁到了外村，二女招了女婿，连着生了三个女娃，三个外孙女长大后，老大和老二都远嫁他乡，三外孙女为了照看爷爷和父母，又像她母亲那样招了个上门女婿。凑巧的是，嫁到外地的大姐、二姐婚后都生了儿子，单就这老三跟了她母亲的胎气，躲躲藏藏一拉溜儿地生了三个女孩，可就是不生男孩，父母亲和女婿都已断了生男孩的念头，可这老三心气硬，不生男孩誓不罢休。乡上的计生干部听村里人说，她整日腆着个大肚子准备超生第四胎，但每回下村，就是找不见她的帽盖子。听计生干部这样汇报，我觉得这一家人有点可恶，竟然不顾国家的计划生育政策偷生超生，公然与乡上作对，简直是无法无天。这叫同村的人学了样子咋办？看来，非得来硬的不可。在我义愤填膺慷慨陈词的时候，乡上的干部反而显得挺平静，这就让我有点想不通了。最后，乡党委政府联席会议一致决定，由我带队抓住人结扎，抓不住人重罚。

这天清晨，我带着包村干部老马、老丁、小赵等人一同前往路毛湾。此时正是麦苗拔节时节，清晨的太阳刚有一点热气，路边的麦苗上的露珠在阳光的照耀下晶莹剔透，钻天雀一个劲地鸣叫着。同车的干部们闭口不提那户人家，而是天南海北东拉西扯地谝闲传，似乎只是一次愉快的郊游而已，我努力地听着，听不出个所以然来。一路上看着路边绿油油的庄稼地，饱读视野的盛宴，却没有那种心旷神怡的感觉。车窗外，三三两两的老者牵着耕牛，避让在路边的草地上，神情有点古怪地看着我们，满眼的迷茫和期盼。从那眼神里我读出了他们的孤独和无助，幽怨和无奈。

这地方，家中的年轻人到外面闯荡世界拼光阴去了，把养家糊口的担子扔给了老人。一些年轻人在外面也确实挣到了钱，却一分也拿不到家里，而是潇洒在了歪门邪道上，回到家里后却撒谎说什么在火车上被小偷割破衣兜掏了去，或者工程完工后被包工头骗了，再就是没有找上活路，差点回不了家了。反倒让在田野里辛劳了一年的老人多了一分同情，觉得娃们出门在外不容易。第二年开春，这些年轻人又走了，挣了钱潇洒完了，又编上那么一个谎言，骗取家里人对他的信任，骗取家中老人对他的同情。

车在路上颠簸着，田野上的绿色一晃而过。快要到达目的地了。我的心里反倒有点紧张，而他们几个在闭目养神，似乎对即将发生的事情漠不关心。车转过了一座小桥，老丁说到了。我看离村子还有一百多米远，便问那户人家在哪儿？老丁指着半山坡上一处绿树掩映的破旧房子，说就在那儿。我让司机将车停在小桥这边，其余人跟我进村。老马说："我们分成两组吧，我和老丁一组，从房后抄小路，你和其他人一组抄大路。"于是两路人马大步流星地进了村。三弯两拐，老丁和老马就不见了，我带着几个人直奔目的地。

霞光轻轻地流泻在了山坡上，村子里家家户户烟囱里的草火烟和煤烟交织着缭绕在村子上空，像游弋不动的浮云，没有方向没有目的地缠来绕去。布谷鸟在树缝里嘹亮地唱着歌，像在欢迎我们的到来，又像不是。我无心留意村子里的鸟语花香。那家的院落在山坡上，一院低矮的土房大概是五六十年代盖的，墙上的泥皮剥落得坑坑洼洼凹凸不平，院墙坍落得没有一人高，两扇破损的门板上拴着一截黑毛绳，显然意味着主人不在。门外的一棵大白杨树上拴着一头花雌牛，比只羊大不了多少，正瞪着两只湿漉漉的大眼睛，一脸无辜地看着我们。这是我所见到的贫困户中的一户。站在门前，望着这低矮黑暗的房子和破损的大门，我的心里涌动着一股难以自抑的伤痛和难受。那头小花雌牛吃着槽上的青草，望着我们的神情，满脸的茫然和漠不关心。老丁和老马蹲在一截矮墙上抽着烟，望着远处发呆。他俩扭头看我时，眼里流露出一种坏兮兮的神色，我从那神色里似乎觉察到了一点什么，却一时说不清楚。

我从门缝里向里瞅了几眼，只见有几只鸡在院子里踱来踱去的，再没有其他生灵。老丁和老马他们蹲了一会儿说："领导，今儿个不见人影，过几天再来吧？"找不着人是没有办法的事，我只好挥手让大家回。大家拍拍身上，其实身上也没有多少尘土，起身往回走的时候，我回头看了一眼那拴着的大门，门外那头花雌牛也抬头望着我们，一动不动的。小花雌牛这一看，我念头忽地一动，何不将这头小花雌牛牵上走呢，这牛一牵走，这户人家肯定会来乡上要牛。我让老丁和老马牵上牛，他们面面相觑，没有半分牵牛的意思。其实，包括我在内，我们都出身于农民家庭，是在农村长大的，只要看一眼这户人家的房子和没有门锁的大门，就知道他们穷得只剩下栖身的土房子了，最值钱的也许就只有这头小花雌牛了。我让老马敲开邻居家的大门，同邻居打了声招呼，牵上牛往回走。

回到乡上，把牛拴在乡政府后院的松树上，等了整整一天，也没有等到有人来要牛或是来赎牛。到了第二天早上，牛饥饿难挨，在树底下哞哞直叫。再等到中午还是没有人来要牛。牛还在哞哞地叫着。乡上干部问我咋办，你说这张口的活物再拴下去不是个办法，我能咋办，只有花钱请人先牵过去养着。

乡上的各种事务忙活了几天，似乎把牛的事给忘了，但经老丁一提醒，决定再到路毛湾瞧瞧，看人在不在。一日清晨，我带原班人马去了。大门依旧用毛绳拴着，院内几只鸡依旧在悠闲地踱来踱去，寻寻觅觅的。我内心一震，上次上当了。人肯定在家里面。我解开绳栓，推开大门径直朝堂屋里走。我身后跟着小赵他们几个年轻人，而老丁老马他们却蹲在门外没有跟进来。堂屋门开着，屋内没有人影，我伸手摸了一把炕上的被窝，被底下暖烘烘的，这说明有人刚才还焐在被子里。里里外外找了几遍就是没有找见一个人影，我不相信人会钻进地缝里了。就在我出门的那一瞬间，我看见门旮旯里有几双小脚在挪来移去的，像几只小老鼠。我轻轻地拉过门扇，看到的是三双惊恐的眼睛，三个高矮不等的瘦小身子穿着破破烂烂的衣裳，头发乱爹着，鞋尖都磨破了，脚趾头在鞋套里勾来勾去的，显得有点害羞。我拉过她们，最小的一个因害怕“哇”的一声哭了。这一哭，让我想起了我的女儿。

我女儿比这最小的一个稍微大一点，可从来没有受过如此惊吓。小女孩哭着，小身子颤抖着，我估计是家里人在我们还没有到来的时候就曾经恫吓过她。小女孩好像见了吃人恶魔似的，满脸的恐惧。当我问及她们家里人时，她们再次睁大了眼睛，不肯说话，互相瞅着不时地向院子里的洋芋窖那儿瞅上几眼。我知道她们家里人一定是藏那儿了。我让小赵过去掀开洋芋窖盖，小赵在掀开洋芋窖盖的同时惊叫了一声。我连忙过去往窖里看了一眼，看到一位脸上布满皱纹的老者头发乱爹着，顶着一身土坐在洋芋窖里。我让他赶忙上来别阴着，老者见再坐下去没有多大意义，就站起身顺着一截短梯慢慢地爬了上来。然后坐在窖口的土沿上，听从我们的发落。

我问小赵这是谁，小赵说是屋里那三个女孩的太爷。我又问了老者，他有气无力地说一家人都到外面打工去了，让他一个老头照看三个孩子。又说，我们牵走了他的牛，掐断了他的生钱口袋。还把困难摆了一大堆。但一说到超生问题，他就沉默不语了，再问，也问不出一个字来。面对这种境况，我还能说什么呢？况且当事人又不在，真拿老者没有办法，再细看那屋里屋外，家徒四壁，穷得只剩下炕上的两床破被子，再就什么也没有了。他们家里最值钱的也就是那头小花雌牛了。可是牛现在已经牵到了乡上，再没有牵回去的可能了。我真为他们一家人的生活担心，但根据政策他们家里再不能添人口了。可是，当事人不在，我们还真拿老者没有办法。根据种种迹象表明，这一家人生不出儿子是决不罢休的。那我们该怎么办呢？只有通过各种优惠政策帮助他们家脱贫致富，那才能遏制他们生育四胎，要不然他们宁愿当超生游击队也不愿回家。

我让老者拿钱赎牛，他竟一脸的茫然无措，好像钱是天外之物。逼得有点狠了，他就瘪着嘴有了哭的意思，这是一种无法言语的委屈，此时，空气好像要窒息了似的，让人觉得喉咙里堵得慌，好像吸不上气来。

对这样穷的家庭罚款真让人有点不忍心，可又能怎么办呢？

一切事情等到腊月里农民工返家时再说吧。小花雌牛不是还在乡上吗？后来，小花雌牛最终还是被乡上卖掉当成了社会抚养费。老者再也见不到他的小花雌牛了。我的心里还真有点过意不去。从此，这户人家就成了乡上定期跟踪的帮扶对象。在我调离乡上时，他家赶上了农村低保，生活有了基本保障。我的心里虽然有了些许安慰，可老惦记着那头小花雌牛，如今也不知被卖到了哪里。它那湿漉漉的眼睛，好像还在望着我。

吃不消的“满眼笑”

“满眼笑”来了，确实让人有点吃不消，应付不了。她是乡上的宠儿，她来一次，乡上就给她送一些东西，从来没有让她空手回去过，她是一周来一次，从不间断。要是给她东西少了或是迟了她就会动怒大骂，骂书记骂乡长，骂起来那是一套一套像唱戏词似的。后来大家也就习惯了她的骂，她几天不来骂大家就觉得缺了什么，她来了大家默不作声先让她淋漓尽致地骂上一通，后来，干部们开玩笑说，是“满眼笑”丰富了我们的乡村语言。经干部们这一怂恿，“满眼笑”似乎对乡上干部有了一个别样的认识，到了乡上要骂，骂得越重给的东西就越多，这一来二去的，乡上干部就吃不住劲了，再不敢纵容“满眼笑”骂了，开始给“满眼笑”脸色看了。但“满眼笑”已经让乡上干部纵容得骂惯了，不骂已经由不得她了。

“满眼笑”无文化，60多岁，精神有点不正常，她以前曾因骂街而骂出了名，村干部对她不是太欢迎，村里人也不和她交往。她家里确实很穷，三辈人住着四间土屋，生活寒酸得让人看了流泪。让她不向乡政府伸手那是办不到的，她只有不断地伸手才能把一家人的生活维持下去。

一日清晨，我还在梦乡里，“满眼笑”未敲门就踏进了我的办公室，着实把我吓了一大跳，一下看不清贸然闯进我办公室的人究竟是谁。我坐起来清醒了会，从床头柜上摸过眼镜戴上才看清来人是“满眼笑”。“这大清早的你从哪儿来了？”我问“满眼笑”。“满眼笑”说：“你咋就不想一想呢，还当领导呢，你吃饱了睡在暖被窝里，你说我从哪儿来了？我一家大小饿了一天的肚子，冷炕空肚地贴着席片趴了一夜，我还能从哪儿来？你们当干部的一人饱了全家饱，我一人饿着是全家饿。你完全是饱汉子不知饿汉子饥。一家大小饿了一晚夕，我大清早就来了，没打搅你的瞌睡吧？也不要紧，把我打发走了你可以继续睡，你们干部又不拔禾锄地，尽管睡你们的觉就是了。我还要回去照顾一家大小的生活和务操一把庄稼呢。你说怎么办？我一家人快饿死了，政府难道不管吗？”

我权衡了半天，给了她一袋面粉，让她走了。如今我才知道“满眼笑”有多难缠，才知道她拿不到东西是决不罢休的。她走前我让她隔一段时间再来，近期就不要来了，来了也没有东西给她。她笑嘻嘻地走了，走的时候说：“面吃完我还会来。”

小吴说：“只要谁给‘满眼笑’发上一次东西，她下次来时就专找谁，就像那个人欠了她似的，再也不放过。”我算是吃尽了“满眼笑”的苦头。果然不出小吴所料，“满眼笑”再次来的时候就径直找到了我，又让我给她一些钱，她孙子病了住不起医院。钱从哪儿开呢？我是党委副职，更何况我又不分管民政工作，我做不了那样的主，她应该找分管民政的副乡长才对，但她就认准了一个理，我只好联系副乡长给她协调一下。就在我协调的当儿，她又骂开了，嫌我的动作慢了。她坐在我的办公室门前，高一声低一声地骂道："你们当干部的吃饱了哪里还管老百姓的死活呢，你们是给谁当的干部呢？你们就是这么当干部的吗？你们一点也不惜老百姓的孽障。你们吃了喝了公家的还要拿公家的，真不要脸，把你们干部的脸丢尽了。"等我协调好钱时，她竟然又说家里揭不开锅了，我又给她协调面粉。到最后她笑嘻嘻地背着面粉走了。

"满眼笑"过些时候就来要一次钱或面粉，她成了一根不听话的刺，不管你有钱没钱，我不管三七二十一，我脚一跺就要，不管你的难肠。她要钱要出了经验和水平，有时也鼓动别人同她一起来闹来要，让人苦不堪言，更让人无可奈何。

自从接待了她以后，我就再也没有清闲过。

又是一个让人无可奈何的人。

上访"专业户"老吴

老吴是第几次来乡上了我也不知道，反正在我报到上班的第二天大清早老吴就气势汹汹地领着孙儿来了，满脸怒气，好像是受了莫大的委屈。他进了乡政府大门，跟谁也没有打招呼而是直奔乡长老于的办公室，可见他是轻车熟路，是老于的常客。老于还在睡梦中，老吴也不敲门径直推门进去了，可把老于吓了一跳。我听老于有点嗔怪地大喊："你怎么不敲门就进来了呢？把我吓了一大跳，你看你，进来是要敲门的，大清早的推门而入不好，不太礼貌。"老吴支支吾吾了半天，说："我有天大的冤枉，也就顾不上礼貌了，望你原谅，你大人大量，大人不计小人过。”老吴这一说把老于给惹笑了，说：“你总不能看着我光身子穿衣服吧。”老吴便知趣地退了出来。

当时我对乡上的事情还不大了解，没有贸然问老吴要解决什么事。但老吴从老于的办公室退出来后便不放过任何一个申诉的机会，看见我便直截了当地说开了：“你说可恶不可恶，你说可恨不可恨，你说气人不气人，你说……唉！”他就这样打开了话匣子。

他说：“你是新来的，你不知道我的情况，我儿媳叫人卖了。”我乍一听，心中大惊，买卖人口可是件不得了的事情。

这时，老于站在办公室门前的台阶上说：“老吴的事情有点复杂，牵扯的人多，不好处理，在他儿子和儿媳离婚一案上，法庭上有人偷梁换柱把老吴儿子的结婚证换成了假的，县上有关部门也未能解决。乡上也没有办法。”老于说着摇了摇头。

老吴跟我说完这件事的来龙去脉，我直观感觉老吴有点冤枉。乡上没有办法，只好让他到县上去上访。

老吴为这件事来来去去地上访了一年多也没有结果，最后老吴去了一趟州上，这件事总算有了眉目。那天老吴拿着状子跪在州政府大门口，拦住了上班的一位副州长，副州长接过状子一看才知道事情有点严重，马上批示县上有关部门处理。副州长这一批示，县上有关部门才有了动静，才开始重视老吴的事。

老吴跑了一年，挽回了一点损失。他总算没有白跑。

老吴的事情一完，乡上认为老吴再也没有什么事了。但老吴另一件上访的事情又开始了，听说是为了骡子被人盗窃一案而上访的。

我听干部们说，老吴上访的事永远也不会罢休也不会完。

盗窃案完结后又会是什么事呢？这就不得而知了。

好人老李

老李是乡政府所在村的村委会副主任兼文书，同时也是乡上的厨师。我刚到乡上报到的时候，老李就是厨师，我上了好几天灶，就没有听到老李说过一句话，当初我还以为老李是个哑巴，心想乡上找厨师也不必找个哑巴，那么多人上灶多有不便。有一天吃晚饭，乡长喊老李，也许是声音小的缘故，老李置若罔闻，没有任何动静。我想这口哑耳背的多吃力。过了几分钟，不知谁捣了一把老李，顺手指了指乡长，老李才惊慌失措地抬起头望着乡长，张口打哑语似的问乡长。大家便轰地一声笑了。这一笑把老李笑羞了，便低了头默不作声。乡长又大喊了声："老李！"老李这才抬起头向乡长笑了笑，往乡长跟前走去，说："我以为是喊谁呢。"这时我才知道老李不是哑巴只是有点耳背。

在乡上住了一段时间，我就觉得老李有点怪怪的，不爱说话。饭做熟了也不叫人，只是静静地等待人们来吃，闲了也不爱出去逛，更不爱谝闲话，就是爱看报纸。后来乡上组织了一次活动，老李喝了一点酒，老李喝了酒，话就多了起来，寻着人就说话。原来老李并不是不想说话而是怕遭人笑话和嫌弃，闭口是金。他挨着我，有点微醉，说他不说话是避嫌疑，话说多了不好，尤其是在这乡上，他一个下苦人没有必要说太多的话。守住自己的嘴很重要，祸事往往是从嘴上惹的。

老李的品质是一流的。灶上的东西就是放烂他也不往家里捎带，宁愿烂掉东西他也不愿烂掉内心坚守的本分。正因为如此，他在乡上做厨师的十几年里，从来没有人说过他也没有责怪过他，更没有骂过他，乡上的每一个干部都对他非常的尊敬。乡上不管做什么事情，或是发点福利什么的都把老李放在第一位，从来没有落过他。他优秀的品质决定了他的人格，然而他自始至终都没有过一丝一毫的自满和骄傲，一如既往地做着他的事，却丢落了家中的事，他是把乡上的事当成了自己的事，他已经把乡上当成了自己的家。自己家中的事急死人的时候他也是那种平常心态，而乡上有一点小事则会把他急坏，急得跑来跑去。乡政府的人一茬一茬地走一茬一茬地换，铁打的营盘流水的兵，来来去去的，而只有老李十几年了没有走也没有换。那些走了的人偶尔回到乡上总要问起老李来，也有重感情的人路过的时候还捎一两条烟来慰问慰问老李。我就想，若是换了我们中的大多数人，绝对没有那么多的人会想着要来慰问一番的。这就是老李的为人，我们远不及他啊！

早上天不亮他就来乡上做饭。他的勤谨是乡上干部公认的，任何人对他没有微词。乡上干部早上起床都比较迟，原因是乡上的工作是阶段性的，没有机关那样齐整，一天的工作三天做完也行，因此乡上人也就有点懒惰。我刚到乡上时还不适应这种工作作风，早早地起床，然后在乡政府院子里转悠上一会，再到门外的马路上溜达上一会，可一回到乡上，大家的门依然闭得严严实实的没有起床的意思，寂寞的我只好到灶房里和老李说上几句不相干的话，老李是问一句答一句，就再没有第二句话。灶房里的火生着了，锅里的水也开了，老李掬起一把碎柴朝我的办公室走去，要给我生火，有那么几次在我的拦挡下他有点生气地说："您就让我生吧！您硬挡着让人有点难堪。"我便不再说什么让他去生。他生了火又把办公室打扫得干干净净的。我是不忍心让一个年龄比我大十几岁的人为我劳动的，在乡上我虽然是领导，但我是一个身心健康的人，自己还能干也愿意干自己的活，更不愿别人替我干活，也免得别人说我的闲话。老李干完很多活，乡上的干部们还没有起床的意思，他也就不忙着做饭或是炒菜，而是背上一个背篼拿上一把小铲子在乡政府院子里转上一圈，把那些乡上干部随手丢弃的碎纸片、空酒瓶、方便面袋子等杂物统统地收拾掉，把乡政府院子打扫得干干净净，一尘不染。这样就给乡上的干部们造成了一个错觉，认为老李做饭打扫卫生是应该干的，是老李的活儿。老李就这样不分四季地干了十几年，这种事只有书记乡长知道，老李每年都要和乡上签合同的。在我看来，老李在乡上这十几年中，是把自己当成了乡上的一员，有些年轻的干部不知道，以为老李是乡上的正式人员。其实乡上干部是没有把老李当外人看待的，从家里带了好东西来也要分一点给老李，老李就觉得对不住大家，好像白吃了别人的东西，就千方百计地想办法报答人家。

今年开春以后，大家就觉得老李有点不大对劲，总是蔫头耷脑地打不起精神来，可谁也没有把老李的这点不对劲放在心上，因为老李一向是个蔫人，总是默默无闻的。过了好几个月，大家也就把老李的那点事抛在了九霄云外。有一天中午，书记、乡长和我坐在书记办公室里谝闲传，说说笑笑的，正在说一个人在什么地方失了面子的事。突然老李轻轻地敲敲门，头向屋中探来。书记就笑着说："老李啥时候也学会害羞了，进来！”老李就磨磨蹭蹭地进了门，站在门口搓着手，好像有什么话要说。乡长注意到了老李的情绪，起身拉老李坐在了她身边，故意开玩笑说：“今天我要和老李亲近亲近。”老李嘿地笑了一声，又默不作声了。乡长说：“老李今天是有话要说，你就放开了说，没有啥难为情的。”老李嗫嚅了半天搓着手说：“乡上厨师的活我恐怕干不成了。”书记忙问是什么原因。老李半天才说他在乡上耽搁不起了，乡上给的那点工资根本就养活不了一家人，这几年村里人到内蒙古去打工挣得钱比较多，他也想去打工，可想了两个月就是跟乡上开不了这个口，再说自己在乡上干了十几年，对乡上有了感情。但是再不出去弹挣着挣点钱，今后的日子就没法过了。现在他已经跟不上村里人了。老李说着眼泪就流了下来。对他我们表示同情，对他的想法也有点担心。书记想了半天说：“你去吧，你的岗位我们给你留着，你哪天不想在外头干了给我们通传一声，我们还是欢迎你的。”老李起身摇了摇头，抹了一把眼泪走出了书记办公室，走得恋恋不舍。他的这一举动竟惹得我眼泪哗地淌了下来，再也抑制不住自己的感情，任凭泪水流泻。第二天，我买了两条烟去送他，他已经连夜去了内蒙古。

大概是过了两个多月，书记接到了一个电话，听得眉飞色舞。后来听他说是老李打来的电话，老李说他在那边有活干，也干得好，挣的钱也多，让乡上领导放心，今后也不用等他了，还说了一大堆感激的话。

听了书记的话，我的心里就敞亮了许多，在心中默默祈祷老李能挣到大钱。他是一个实诚人，也是一个好人，但愿好人有好报。

卖　羊

在我们敏家咀，父亲和广大的父老乡亲们一样过着最平常的日子，一生也没有啥值得树碑立传的事来书写，但要是寻找着说，还得说一说他养的羊。在我们敏家咀，就那么百十户人家，都是老实巴交的庄稼汉，人人脸上都带着明显的农民特征：一张黑里透红的脸，结实的身板，球鞋或布鞋上都覆盖着薄薄的尘埃。更多的时候，他们手中都握有一根赶羊棍。他们是农民也是羊倌，父亲也不例外。

这里的山场不大，但养活几百上千只羊还是绰绰有余。家家都把养羊作为一桩正事来务。养上几只羊好处多，手头紧了可以救个急，遇上红白事宰上一两只可以省上一笔钱，更重要的是还可以攒那么一堆羊粪上田肥地，让来年的庄稼有那么一线指望。

养羊最多的是曼苏家，最多的时候养了60多只。羊养得多，家里人也就相应地比别人辛劳一些，春天不怕，把羊赶到山场上一放随便羊自己吃。可最让人担心的是冬天，就那么一把黄草，几个月吃下去，把羊的膘都吃塌了，到冬尽春来草芽子透土的时候，那些瘦羊走路就打摆子，浑身的毛乱蓬蓬的，一副病恹恹的样子，吃不上草料，这样的羊一啃青就要拉稀，一拉稀就站不起来了，最后只有宰掉或死掉。曼苏家在每年开春的时候总要损失一些羊。

在早上放羊的时候，村子里的那个空场地就成了大家谈论家务说天扯地的场所。天刚亮家家的烟囱里冒烟的时候，家里的闲人就不约而同地把羊放出来赶到那个空场地上，让羊空空腰身，而人们则三个一群五个一伙地聚到一起随便地扯起互不相干的话题没头没尾地谈下去。

曼苏家养的羊最多，卖的羊也最多，所以一年的收入总比别人家要宽裕些，日子也过得比别人家滋润些。那些养羊少的人家，没有什么重大事情一般情况下是不会卖羊的。羊是家里的攒粪机器，少只羊就少堆粪，少堆粪庄稼就少些收成。但到迫不得已时便非卖羊不可。那年，我考上了高中，两个弟弟也都上了初中，家里一时拿不出学费，父亲愁眉苦脸地阴了好几天，差点把我兄弟三人的心阴凉，眼看着开学的日子一天比一天近了，可父亲却拿不出学费来。母亲试着跑了几家去借钱，可都空手而归。说实在的，那个时候，家家都没有多余的现钱，借不到钱母亲也急了。其实，他们嘴上说不急，可心里比谁都急。丁二愣家是有钱的，丁二愣家里买了辆“东风”车跑运输，钱多得不得了，可谁也不愿上他家去下那口气，他家里的人一副财大气粗的样子，说话占地方，走路摆不下，从不拿正眼瞧人。你有钱是你有，村里人谁也不去尿他，就是他拿钱借人，人家还不接呢。他家的钱烫手呢。那年曼哈家借了他几百块钱，曼哈一家人从此就成了他家下苦的，一年四季的活揽着干，还看尽了人家的脸色。借人的钱手短啊！要是往年从曼苏家借钱还是能借出来的，但这年春上曼苏家的奶奶去世了，抬埋亡人就让曼苏家卖掉了十几只羊，这个时候再不好向人家开口啊。那一晚，我听母亲说："卖掉一只绵羊吧。"父亲说："卖绵羊太可惜了，都是母羊，上冬就要产羔了，要是骟羊卖掉也罢了，这时候正是羊膘好的时候。还是另想办法吧。"我知道没有别的办法，柜子里的那点粮食也不能卖，院子里的几根木头就更不能卖了，那是积攒了好几年打算用来盖房的，我家的房是爷爷手里盖的，现在已经破烂不堪了，再不盖房人们会笑话父亲的。现在的办法只有一个，那就是卖羊了。

开学的那天早上，父亲没有去放羊，母亲也起得格外早。吃早饭时天刚亮，我想着开学报名的事心里焦急得吃不下饭。父亲笑着说："吃，吃饭，今天就去报名。"我说："钱呢？"父亲说："钱在羊身呢。"我才知道父亲想尽了办法也没有弄到钱。羊在圈里咩咩地叫着，该到放羊的时候了，羊已经等急了。我从来没有上市场卖过东西，想看一看市场上买卖双方是如何讨价还价的。吃过早饭，父亲牵上那只最大最肥的母羊和我们起身了。我们家离县城有二十多里，出门走五里就到了公路上。我上学的时候，每周来回要走四十多里路，星期六下午放学飞似的回家，星期日再像一匹小驴似的驮上一周的吃食赶回学校。母亲常指着我脚上的鞋说："你穿的鞋我也做不过来，你看，你的鞋尖又破了，去到鞋摊上补一补。"说着递给我五角钱。不知怎么的，布鞋就是不耐穿，体育课一场足球踢下来，鞋尖就破了。去鞋摊的次数多了，跟鞋匠也熟悉了。他给我的鞋尖补上了皮子，这样鞋就耐穿了。这二十多里路在父亲看来有点远，但走惯了也就不觉得远。

在平常，一群羊走路很温顺，一只跟着一只，有时候不用你吆喝，它们就知道该走哪条道该蹚哪条河。现在牵上一只羊却难得多，它尽往斜岔里跑，不往大路上走，时时得把缰绳牵得紧紧的，真不知道这时候羊心里是如何想的，也不知父亲的心里是如何想的，反正我心里想的是报名费，我很想读书，一想到不能读书我就难过得要哭。不过，我从父亲的脸上看出了他对这只母羊的惜怜和同情。家中的每只羊都是父亲看着长大的，每只羊都与他有着不可割舍的感情。而且家中的油盐钱和一部分零碎开销都从羊身上索取。一只羊一年剪两茬毛，两茬毛十斤左右，能卖几十块钱呢，一只羊一年积攒的粪土又可以少掏些买化肥的钱。更重要的是养上几只羊让父亲有了事做，使父亲平常的日子不再寂寞。庄稼汉的日子是推天的日子，过一天算一天，这样说来羊可是帮了人的大忙了。我牵着羊走着，父亲和两个弟弟在后面赶着。父亲依然握着他那根赶羊棍。他的神情不像是去卖羊而是上山场放羊。此时，在他的眼里我们兄弟三人也许就和那只母羊一样，都是驯服的。

羊儿不习惯地走在平整的柏油马路上，精神十足的，羊儿也许不知道它此去的命运如何，有时它还好奇地看一看路边参天的白杨树。路上的汽车不是太多，只是汽车的喇叭声很刺耳，让羊儿有时吃惊不小。父亲说："这路上一惊一乍的，把羊的骨头都惊松了。"汽车干吗要摁那么大声呢，像谁不知道它似的。

进了县城，人多了起来，各种各样的车也多了起来，羊儿满眼的迷惘。父亲牵着羊儿走在人群和车缝中，羊儿亦步亦趋地跟着，乖顺地像个未出过门的孩子似的，东瞧瞧西望望，满眼的好奇。有人问羊卖吗，父亲没有任何回答，因为父亲知道这些人不是真正的买主。

进了牲畜市场，父亲让我们兄弟三人牵着羊站在一个不起眼的角落里，自己去摸羊价的底去了。父亲这儿看看那儿听听，差不多过了一个多小时才回来。他不在的时候已经有人来问过羊价了，但我们说不上。羊儿牵到了市场上，牙行和买主即刻围了上来，这时候，羊儿更像跟定母亲的孩子一样紧紧地跟着父亲站着，眼睛扑闪扑闪地。也许到了这时候它还不知道它被主人牵了来是做什么的。买羊的是一个屠家，他和父亲谈成后就把羊牵到市场边一处高地上突然把羊放倒了，然后从腰里抽出一把短短的麻绳捆住了羊的三只蹄子。我不忍再看下去，一股浓稠的血飞溅了起来，羊儿瞬间就被屠家这样屠宰了。我和两个弟弟还有父亲站在不远处看着屠家肢解剥皮，手中握着屠家递过来的热烫烫的一把碎钱。我的心里很不好受，父亲的眼圈红红的，他很难过。只一会工夫，一只活蹦乱跳的羊被屠家三下五除二卸成了好几块，皮、肉、头、蹄分了家，它的眼睛睁得大大的。至此，我才明白了什么叫死不瞑目，这才是真正的死不瞑目。

多少年过去了，我对家里养过的羊都没有了明显的记忆，唯有对这只换了学费的羊还有这么点记忆。但我只是记住了它的鲜活的死。

它至死都没有瞑目。

狗　殇

父亲耐不住院子的空寂无奈进城来买狗，但父亲在狗市上转悠了一天也没有买到一条称心如意的狗。他为此闷闷不乐。狗市上不是没有狗，而是狗市上的狗有的高大凶猛容易招惹是非，有的眼生不认人……因此，狗市上的狗他都看不上眼。他总是念叨先前死去的那条黄狗。

黄狗是我上初中时从同学家里抱来的。我抱来的时候它还小，机灵活泼可爱得像一团黄绒绒的毛线滚动在我的脚边，让人的心里既欢喜又舒坦。“是一条好狗。”父亲说。我也知道它是一条好狗。它到了我们家里后很快就和父亲相认相知了，整天跟在父亲身后形影不离，能帮助父亲拦羊，它还在父亲的调教下，时常去赶一只离群的羊或是一只翻进园子里乱刨的鸡。父亲常说它是猎种，后来父亲打猎时就带上它。转眼到了冬天，黄狗已长大了，落了一场雪，父亲带上它去打兔子。那时节山里兔子多，父亲出去一般不会空手而回，那次也不例外，拎回了一只大兔子。父亲说，黄狗很有灵性。在一段塄坎下他寻着了兔子，开了一枪，打断了兔子的腿，兔子拖着残腿而逃，他让黄狗去追。黄狗如离弦之箭奔去，只一会工夫，他就听到山湾里有狗粗重沉闷的吼叫声，寻声找去，看见黄狗死死地咬住兔子的一条腿不肯松口，父亲很是高兴，第一次行猎黄狗就能成功地逮住兔子，把它的灵性发挥得淋漓尽致，当然，他的那一枪帮了黄狗的大忙。

我喜欢它，父亲更是喜欢。那年秋后的一天，一家人都到地里收割庄稼，家就丢给黄狗看守。那天二姨来走亲戚，被黄狗挡在了大门外，不让她踏进院门一步。二姨憋了一肚子火气，到地里找见父亲后破口大骂，说那是一条瞎狗，狗眼不认人。父亲听了笑呵呵地说谁让你不常常走动呢。家里没有人，它连亲戚都不让进，那小偷小摸的就更不让进了。

黄狗对家中成员都很亲切，就连一只鸡也都是以礼相让。母亲给黄狗的食盆里倒汤饭时，那只母鸡便跑来先猛啄上一顿，吃饱甩头而去后黄狗才动口吃饭。晚上，母鸡就蹲在黄狗的背上，把黄狗的背当成了它的鸡架和电热毯。一条狗与一只鸡的亲近和友谊让人看了是多么的舒服啊，也让人有所启发有所感悟。人与人之间如果能这般友好相处，那么这个世界将会是多么的宁静和平啊！

但是，黄狗却不知什么时候害上了一种摇头的病，整天摇头晃脑的，好像它的脑髓被什么搅成了一团糊糊似的。父亲抱着它的头看了好多遍，就是没有发现它摇头的原因。这样过了半个月左右，一天傍晚，一家人坐在院子里吃夜饭，见那只鸡跟着黄狗啄食什么东西，母亲上前仔细看了一会才吃惊地大喊着说狗耳朵里有蛆呢。原来黄狗晃头的时候从耳朵里甩出了白叽叽软晃晃的蛆。父亲放下饭碗，抱住黄狗的头，才发现黄狗的右耳中有一股臭味，并不时地有蛆虫蠕动着爬出来。父亲才知道了黄狗摇头的真正原因。父亲要来母亲常吃的那些消炎药碾成粉末灌进黄狗的右耳中消炎。父亲用手指按了按黄狗的头皮，感到一种灼热的肿胀。父亲又找来碘酒灌进黄狗的右耳中清洗，可清洗着仍有白叽叽的蛆虫蠕动着爬出来。

父亲一连几天用醮着碘酒的棉球清洗黄狗的右耳，也不时地灌进那些碾成粉末的消炎药。但这样做无济于事，黄狗不吃也不喝，一天天消瘦了下去，放在杏树下的食盆满满的，到第二天母亲给它倒汤饭的时候先端出去让即将上山的羊吃掉，很多天它没有动过一口汤饭，有的时候它只是走过去嗅一嗅，然后又回到那片阴凉里将头放平展在地面上蹭一蹭，有时也会痛苦地呻吟上那么一两声。人心疼碎了，尤其是父亲，他整天念叨着黄狗怎么办呢。黄狗是活不过来了，黄狗的那种病疼在父亲的心上。那些日子里，一家人脸上都蒙上了一层愁苦和悲痛，好像害病的不是一条狗而是某一个人。

有天吃夜晚时，看到黄狗爬起来摇摇晃晃地向门外挪，被母亲拦了回来。父亲看着被拦回的狗没有说什么而是流下了一长串眼泪，在这以前，从未见过父亲为了一些牲畜的死而流泪，可那天他确确实实地为黄狗流下了眼泪。他说：“这是一条好狗。”我们都知道它是一条好狗，但好的定义是什么我们却说不清楚。父亲说：“好狗与一般狗死的方式是不同的，好狗死的时候都是离家而死，从来不会把尸体留在家门上。刚才黄狗摇摇晃晃地往门外走，我估计它是不行了，它的大限就要到了。今晚上不要关门，假如黄狗要走的话不要硬拦，狗是灵性动物，它是有感知的。”

睡前母亲打开了一面门扇，黄狗却没有出走。二弟没有去睡，坐在院子里等待着黄狗去死。可等到各屋里的灯都灭了黄狗还是没有往外走，一条好狗的死究竟是怎样的呢，二弟终于等不住，去睡了。

翌日，天麻麻亮，二弟起床刚撒完一泡尿就大声叫了起来：“黄狗走了，黄狗走了……”

谁也没有在意二弟的喊叫。

天亮了，父亲起身扛上铁锨开门走了。他知道黄狗已经死了，他扛上铁锨是为了挖坟掩埋黄狗。他在村外的沟沟壑壑里寻找，黄狗会选择怎样的一个栖身之地呢？他年轻时曾见过一条离家死去的狗。那是王老五家的一条黑狗，临死前它焦躁不安，生拉硬扯地挣扎，最后挣断绳索一步三回头地走了，它走的时候正是日落牛羊归圈的当儿，牛羊惊诧地从它的身旁跳跃而过，它毫不在意那些牛羊，它也许考虑的是如何去死，死在一个什么样的地方。它甩开撵它的人们，终于在一段塄坎下面站定，昂头回望了一眼熟悉的村庄和身后的人们，倒地而死。它死得那样地突然，那么的干净利索。这一幕被父亲看到了，而且在他的记忆里储存了二十多年。从那时起，他知道真正的好狗是与众不同的，自家的黄狗走离家门死在了外面，这令他感动不已。黄狗算是一条真正的好狗。

父亲找到黄狗时，黄狗僵硬的身躯蜷缩在一片向阳的洼地上，一双眼睛瞪得滚圆，显然，它死时是痛苦的，它对这个世界是留恋的。

父亲在它栖身的塄坎下面深深地挖坑掩埋了它，连同那些在它右耳中蠕动着的寄生虫。

黄狗的死使父亲痛苦了好多天，也使我们惋惜了好多日子。

父亲再也寻不到那样的好狗了。

清冷的月夜

冬夜如潭水般死寂地笼罩着村子。

月夜的亮，像是要把村子的寂静照透似的。丝丝不祥的冷风旋窜着。清冷的月华不甘寂寞地透进麦尔燕家窄窄矮矮的花格子玻璃窗，散成几束惨白的光束落在那毫无遮掩的炕沿、旧棉絮和大平柜上。

空空大大的土炕上，麦尔燕的儿子冬冬那稚嫩可爱的小脸上挂着泪珠，沉酣于梦乡中。

麦尔燕拉着架子车在曲曲折折的土路的缓坡浅坑中颠簸着。路两边空旷的山湾，黑乎乎的塄坎、深幽幽的沟壑恐怖至极。间或，山野里传来几声狐狸寂寞和冷冻难熬的似孩子般撒泼的哭叫，夹杂着架子车的咯吱声，才给这万籁俱寂的朦胧世界增添了几分生机。

风猛刮，夜醒了。

西北风揪扯住枯黄野蒿纤细的腰身使劲地摇晃，似乎要把月夜的岑寂和清冷驱走，野蒿鼠急般烦躁而又无可奈何地呻吟着……

葫芦爷平躺在架子车内，周身用棉被裹得严严实实，随着车子的颠簸而左右滚动着，似只大萝卜。

路边的枯草被车轮无声地碾倒又被风卷跑。

麦尔燕用右手手背抹落脸上冰冷的汗水，抬头向乡卫生院的方向望去，不见尽头，不见灯光，只有茫茫苍苍的沟壑梁峁横亘在前方，路就镶嵌其间。路是仅容架子车通过的便道。

“歇会吧？麦尔燕。”葫芦爷轻声地问，“不要把你累坏了。”葫芦爷听到了麦尔燕急促的喘息声。

“嗯。”麦尔燕答应了一声。但车速仍没有减慢。而老狗似乎听明白了老主人的话，在麦尔燕脚边使劲地叫唤起来，吠声传出很远很远，空荡荡的。

离乡卫生院虽然只有二十多里路，可就是走不完。她边走边想往事。她想起了葫芦爷说过的那句富有哲理的话——我们是紧抓真理绳索的穷人，我们的路很宽阔，心中很富裕。她思忖着这句话中深藏的东西，忘记了疲惫和寒冷，心中似裹着一轮圆月，顿然明朗无比。

葫芦爷又禁不住呻吟起来了。他是很要强硬朗的人，一半点疼痛是奈何不了他的。今夜，他疼得头上冒汗时才喊麦尔燕。麦尔燕二话未说，拉起葫芦爷就往乡卫生院跑。她知道，在乡卫生院如果诊断不清病情，她还得去县医院，那还有更长一段路要走。这么多年，葫芦爷在她家是吃了苦的。葫芦爷是外乡人，是没儿汉，是因闹饥荒逃难才流落到这儿的。起初，他住在丈夫的爷爷家，后来，就住在了她丈夫家，并一直住了下来。在老年人的记忆里，葫芦爷好像是有过一个大名的，但后来，就被人们遗忘了，叫成了葫芦巴，随着岁月的流逝，他就又成了葫芦爷。据他自己说，他曾是一名雕刻葫芦的好把式。看着他存的那只大葫芦，便知道他没有诓骗人。那只葫芦上雕刻了一幅春耕图案：一个男青年头戴白帽，身穿马夹，袒胸露怀，光着脚丫，用二牛抬杠犁地。一只小鸟在新翻的土地上低首捉虫，四只燕子在男青年身后展翅低掠。一个戴着盖头的女人担着饭罐站在地边，左手遮住头顶上正红的太阳，望着男青年细心地犁地，将饭担欲放而又不能。远处是蓝天、白云、青山、小溪、羊群和树林。

麦尔燕拉着架子车，隐隐一阵心悸。她好像遗忘了什么，心里缺了半拉，思谋不出个头绪。她忆起了丈夫海青子。噢，对了，再过两天就是海青子的殁祭，怪不得几天来心窝里酸溜溜的。大前年，海青子为半瘫的牛阿婆到六十多里远的冰沟林里捉“接骨丹”时，自行车刹皮脱落，人车坠崖无常的。

葫芦爷的呻吟声打断了麦尔燕的记忆和思绪。

月亮周围涌起了一圈昏黄的晕，怕是要起大风了，周遭昏暗了些许。

麦尔燕拉着车一阵小跑，老狗在车后跑着，不紧也不慢，与车保持着一段距离。

麦尔燕的心中豁然明朗了许多，她看见了乡卫生院门口那星星般若隐若现的灯光。那灯光夜夜亮着，虽然并没有给夜来寻医就诊的病人照亮路径，但却多少给了病人一点慰藉，使病人紧缩的心渐渐明亮起来，把那湮没在心底的希望重新激发出来，循着永恒走下去……

灯越来越亮，麦尔燕的脸上露出了只有月亮才能觉察到的一丝轻松。

清真寺里清越的唤礼声划破了四合的寂静，向那幽暗的沟壑梁峁传去，唤醒了一切生灵。

天快亮了。

旱　年

山顶上守望时日的那棵树死了。它是在今年春天死去的，而后任凭风吹雨淋和太阳的暴晒，时日一久它就裸露出了精瘦的白骨般挺拔的躯干，白晃晃地刺向天穹，也干巴巴地刺人眼目。

那棵树是棵白杨树，确切地说是棵季节树。初春，树梢上染上一层鹅黄色的绿意时开始种麦；树梢上坠下红绒绒的“毛狗”时豌豆要种完。可是今年，它让等待的人们都等空了，麦子比以往迟种了十几天。等种完了豌豆白杨树也没有染上心怡的鹅黄色更没有坠下红绒绒的“毛狗”。春风依然吹过，但它的心早就旱透了。上了年纪的人都说今年又将是一个不得了的旱年，我二爷说，四十年前，这棵树到了农历四月才发芽，那年就是一个不得了的旱年，不但天旱了而且地也旱了，红浆河滩的泉水干涸了，地里的庄稼缩在地皮上不动弹。今年恐怕又是大旱之年，大家的心头上都蒙上了一层灰暗。庄稼虽然托靠着种在了地里，可究竟有多少希望呢？渺茫。大家唯一的希望是白杨树能生出些嫩叶来。早晨，土雾弥漫四野，眼睛被一股子浊气笼罩，但人们还是要遥望一下山顶，希望白杨树突然生出些绿意来。我二爷是勤苦之人，时常天麻麻亮起来礼完晨礼后就背上背篼到大路上拾牛粪积攒肥料，顺便到山顶上看看白杨树生出绿叶没有。一晃到了农历五月，田里的庄稼稀疏焦黄地爬在地皮上蔫蔫地不肯起身，就连田野里追着春风透出土层的青草也变得干巴巴的，仿佛烈火燎原后幸存下来的一样，没有一丝怡人的景象，充斥眼目的只有弥漫视野的干焦土雾和朦胧的天色。

白杨树终于没有绿起来，雨也没有落一滴。日头红彤彤地着火般悬在无垠的天穹，晃得人眼里干巴巴雾腾腾的。地彻底旱了，农人的一线绿色的希望被干旱烧成了一把灰烬。

铃铛鸟来了又去了，白杨树干枯的枝丫上搭着拳头般大小的鸟巢，绿叶覆盖的时候，既挡风又遮雨，可一旦失去了绿叶的遮掩，铃铛鸟的巢就暴露无遗，既挡不住风也遮不住雨，鸟儿还有什么依恋的呢？但那是它们千辛万苦垒起来的家。它们在干枯的枝丫上焦躁地扑腾着渴盼雨水和绿意，但它们只能弃家而去，干旱像燃烧的火球烘烤着大地，它们的叫声里传递着鸟类的凄凉和失去家园的无可奈何。它们将于何处重建家园呢？无从知道，这是它们的秘密。来了几场风，它们的鸟巢像几个草团轻飘飘地随风坠落，干枯的枝丫上再也没有空寂的鸟巢，也没有一只停留的飞鸟。

白杨树留不住任何一只飞鸟，也留不住淘气的牧童。它曾经是我们的乐园。那时候，我们都还小，淘气而且快活。我们放羊时就爬在它的枝丫上，透过茂密的枝叶望着撒在山坡上的羊群，观察那只馋嘴的羯羊是怎样偷偷摸摸地跑到麦田里偷吃麦苗的，我们怀着一种既兴奋又急切的心情等着修理它，整治它的馋病。有时，我们也像一只待食的恶鹰愚蠢地等着铃铛鸟进巢，可一个少年躲在树上而不让鸟儿发现是不可能的，我们有点掩耳盗铃的傻劲。

天旱着，人心焦巴巴的，没有一丝润朗的气息，枯涩的眼皮不敢触及尘雾弥漫的天穹。二爷背着手站在村街上看着放满水的一口水缸，水缸的缸面上没有一丝丝湿意。据老人的经验，要是装满水的水缸的缸面湿漉漉地透出一层湿意的时候，就一定会落下一场大雨的。我曾观察过，确实如此，当初我是不明白这个道理的。放在村街上的那口水缸的缸面终于没有湿起来，尽管它里面的水始终满当当的。雨水，金贵的时候如油一样，正是由于它的金贵，山顶上的那棵树才没有绿起来，春的纤手再也拂不醒它绝望的心境。

树死了，死于无奈。

树死了，我们还拿什么来预报季节呢？

我从田野里走来

童年时，我曾赤脚在春日的田野里踏着柔软的青草走过。那是落了一场雨露的清晨，我牵了家里的老牛去放牧。晨雾还没有褪尽，那些多嘴多舌的麻雀蹲在村口的老白杨树的枝杈上，翘着尾巴叫得真欢。老牛抬首看了一眼村口，又回首望了一眼家门，父亲正站在门口看着我和老牛在薄雾中走远。阳光穿透薄雾洒在牛身上，我的后背也暖暖的，晨阳像父亲的大手拂过一样，那股暖流直透肺腑。路边的蒲公英、苦苦菜、马叶菜、苦根菜、冰草，还有一些不知名的杂草的叶面上滚动着亮晶晶的雨露，在晨阳下晶莹剔透，像一颗颗发光的夜明珠。老牛被忍不住吃一口的那种渴望挠得心里发慌，伸长舌头把那青草连同露珠卷进嘴里，吞进肚里。父亲说了，马不添夜草不壮，牛不吃露水不肥。我不知父亲的这句话对不对，我也没有验证过，但我还是喜欢在有雨露的早晨牵着牛儿出来。牛儿大口地吃着带露的青草，我则观察着附近一只飞起飞落的鸟儿，聆听鸟儿歌唱，倾听蟋蟀鸣叫。有时，我会从装粮食的柜子里抓上一把小麦、青稞或是豌豆，埋在我经常走过但牲口不常走的一块空地上，然后在清晨放牧老牛的时候去看上那么一会。其实，在播种那些种子的时候，我就把我的童年也撒播在了地里，那些种子发芽了，我的童年也发芽了；那些种子出土生长了，我的童年也随之成长着；当种子生长成一株庄稼的时候，我的童年就长成了一棵人生的树。晚霞洗空的傍晚，我背着一背篼青草从远处走来。早晨我出去的时候，我背走的是一家人的希望；傍晚我回来的时候，我背回的是我的成长。

我踏着晨露出去并不仅仅是为了放牧老牛，我还要从田野里用小铲子挖来那些脆嫩的野菜。蒲公英、苦苦菜可以凉拌，马叶菜、车轮菜可以下菜面，苦根菜可以煮酸菜。田野是农家人的菜园。在菜园里蔬菜还没有下来的时候，这些野菜就帮衬着我度过童年清淡的农家生活，改善着我童年清汤寡水的吃食。走在清晨希望的田野上，就是饿着肚子也觉得身心清爽。就连身后的牛儿也会凝神望着我兴奋地长长地哞叫上一声。

我从田野里走来，我把童年留在了田野里。我的身上有一股馨香，那是来自田野的气息。晨阳高升，雨露隐身，只有我的童年还在田野里游荡。

当我耕地的时候，我知道在那悠然翻起的泥土里有我的童年，我又播撒下了我的青春。我的青春随那种子一起发芽、出土、生长、抽穗、结果、成熟。当挥镰割下一把沉甸甸的麦穗时，同时也割倒了我的青春。其时我牵上出去吃带露的青草的老牛陪伴我的童年离去了。我像一头步入暮年的老牛，在田间地头寻觅我的青春，可青春已经一去不复返了，我上哪儿去找呢？我明显地感到了我身体的不适，还有视力的不济，我该歇下来了。人生一年一个变化，可田野永远没有变，花还是那些花，草还是那些草，没有增也没有减。我该再养头小牛，在落雨露的早晨牵出去，顺便找找我的童年，还有已收割过的青春。完了，再在冬日的中午沐浴着暖暖的阳光，牵上牛到枯黄的田野上遛一遛，嗅一嗅冬日的气息，看看冬日里究竟孕育着一个怎样的充满青春、洒满阳光、落满雨露的春日。

我把童年丢在了田野，我把青春种在了田里。那我把暮年该放在哪儿呢？也许只有我牵出去的后来养的那头小牛知道，就随着小牛抑或老牛的缰绳走吧。天地是广阔的，田野是充满希望的，心境是清幽的。

冶木峡的四季

春日雨后的清晨，晨阳扯去了笼罩在冶力关上空的浓雾。一丝春风吹过冶木河，带起了一股朗润的空气，浸透着人的肺腑，使人身心清爽，精神抖擞。信步走在冶木河边，只见冶木河清澈的河浪悠悠地从曲折的河谷流走，穿过了冶木峡，便身手一展流得宽宽敞敞、舒舒坦坦。只是冶木峡借了冶木河的灵气，把满山的青㭎、毛竹、河柳、青松滋养得青翠欲滴，像是养在了水里一般。置身于冶木峡谷，连人都湿润青翠，成了它们中的一棵。恍惚中天外飘来一朵白云，停在山峰上一棵油松的枝杈上，像盛开的一朵白莲花，点缀着冶木峡浓郁的春意。河柳是一抹鹅黄，俗称狗娃子的那种东西还不情愿地挂在枝条上，像毛毛虫，又像磨眼里落下来的麦索，黄的可爱，毛得挠心。毛竹的新叶刚伸展开小手掌，藏在那些高大的油松和青㭎的怀抱里，吸收着足够的养分，尽力向上伸展着自己的身躯，争取一线阳光的惠顾。而那满山遍野的青枫林更因冶木河水的滋养，出落得亭亭玉立，孕育未来那火红火红的一景。山石上卧着绿意盎然的青苔，在太阳的映照下似打磨圆润的绿宝石，闪着淡绿的光亮，令人神往，也令人惊叹不已。山绿，石绿，冶木峡的水绿；天蓝，山蓝，冶木河的水蓝。这就形成了一种神话般的美景。河水是一段绿，一段蓝，游走在冶木峡谷中的人的心境也是一会绿一会蓝。还有响彻峡谷的山歌，也是远蓝近绿地飘荡着引人入胜，流水和着山歌的韵律，带着冶木峡谷的神韵和冶木河水的喜悦欢畅地流淌在山泉边歇息的那个人的心境里。

夏天的冶木河水上涨了一倍，哗哗地急流而下，到了冶木峡则成了奔腾的蛟龙，掩藏不了大河的汹涌和澎湃。但流经冶木峡谷的河水就升腾着凝聚了厚重的雾气，封锁住了峡口，进峡谷时犹如飘进了一个神秘的童话世界，是那么美妙和神往。一线阳光跳过峡谷洒下一把光芒，把那雾状的水滴尽收了去，水雾就开始慢慢收拢了散去，最后在半山腰竟盘旋着不肯散去，形成了一条长长的雾带，托住了山体，乍一看像是天外飞来之山，虚无缥缈之处又增了几分神秘，增添了些许清雅，令人心旷神怡。在阳光的映照下，青枫、毛竹、河柳、油松再也禁不住寂寥，唤来了那些憩息歇喉一个晚上的鸟雀，啄饮绿叶上的水滴，润嗓后唱起了清越的歌儿。北谷的鸟儿唤着南谷的鸟儿，南谷的鸟儿回应着北谷的鸟儿，可就是不往一块叫，大概是地盘和水土的缘故吧。就是在悬崖上发芽生根的松树，也只是攀崖而长，而不往另一方长去，全然不顾阳光的召唤。

有只野鸭飞过峡谷，它不知该落在谷的哪边，忽然有条鱼儿跃出了水面，野鸭知道该怎么做了，它一个猛子扎下水去，叼起鱼儿腾空而去，径直飞出了谷口。有几个游人架起照相机不知该拍哪片风景，满谷的景致风格迥异，各不相同，令人眼花缭乱，手脚忙乱，游毕，再也忘不了这个峡谷夏季美妙的景致了。

秋风微微一吹，满谷的青叶便知道秋天到了。几只大雁往南飞，野鸭也跟着凑热闹，在谷底焦急地飞来飞去，其实它们也需要寻找一个去处，它们最终找到了去处没有，不得而知，天天游荡在谷口的冶木河里，不肯离去。有几片秋叶在它们的身边飘过，它们并不知觉秋的到来。而那满谷的青枫林知道了秋的到来，便一日红似一日，把整个冶木峡给惹笑了，也给笑醉了。有位诗人从首都北京来到这里，看过冶木峡红叶后便情不自禁地说可以和香山红叶相媲美，但这里的红叶更蕴藏了一种大自然的原始美、自然美、朴素美、生态美，在这里用任何语言来形容都是徒劳的。最终他没有在纸上留下一个字，只照了一组冶木峡红叶的照片，取名为“冶木峡醉了”。名字取得多有诗意。在有雾的早晨，刚扯开雾气那会，火红的叶子像是燃烧的山火把北谷和南谷都映红了。再过后太阳的洁光洒下来，满谷的红叶一下子映红了人的眼目，再细看，几棵油松点缀其间，便又生出了许多诗意和文章，真是让人流连忘返，乐不思蜀了。

遒劲的冬风刮过，冶木峡便结成了一条宽宽的冰带，像飘展的白布条铺穿在冶木峡中，这时的毛竹和油松依然大放光彩，展放着诱人的绿意，在冬风中摇曳着笨拙的身姿。山的暗影沉重地甩在谷底的冰带上，遮掩着东升的暗光，积聚着力量，孕育来年春天的萌发。落了红叶的青㭎丑陋地立在风中的谷坡上，焦急地等待着，是一场风，一场雾，也许是一场雪，只有雪才能封住吵闹的吼声，也只有雪才能滋养青㭎的根系，覆盖随风起落的枯叶，保留住开春需要的那点养分。终于，风不刮了，太阳昏暗了。一场旷日持久融不掉的大雪刷刷地落在了冶木峡里、青㭎林中，一切美妙的、丑陋的、高耸的、趴伏的都掩在了雪里面，这才是冶木峡真正的冬天。

诗情画意鹿儿沟

清晨，在临潭县城感受一番各民族的风情之后，吮吸着清新的空气，坐车向西，行至两公里处，悠然沿着绿树掩映的公路向南折行，望着吐谷浑所筑之洮阳戍故地牛头城遗址，看着黑油油的麦田，闻着金黄色的油菜花香，惊叹野鸡的欢跃腾飞，陶醉在对历史的沉思和自然的无限遐思中。突然眼前豁然一亮，洮河水清冽而平缓地向东奔流，滢滢的涟漪迎面扑来，让人湿润，让人清爽。太阳隐藏在山顶的薄雾中没有露脸，四周山峦无声，薄雾轻绕在苍翠的山腰间，像白练更像美女的丝带，缠来绕去的。洮水环绕的月牙样的桃花岛，其间桃柳共生，清清浅浅的小溪相伴而流，最是人间好去处。

过了术布吊桥，心怀一种访古的喜悦，去探究俗称术布大陵的像丘陵样的未名墓葬，是番酋还是雄主？让我们想象远古时代此地的金戈铁马和墓主的叱咤风云。长满了云杉和红桦的墓丘，远望一派斑驳的青翠，宛若一朵残荷，弥散着一丝萧瑟和远憾。身下的洮河水清缓潺湲，望之突生一场舒活轻逸的梦。漫步在鹿儿台和术布水电站库区的边上，浩渺的湖水，让人怀有绿生生的遐思，回首一望，九龙山的绝壁陡崖上，绿树掩映下的九眼泉飞溅着水珠，若在冬季，白晃晃垂下的银瀑与洮河里白亮亮的洮水流珠交相辉映，观之别有一番情趣。

开阔而旷远的鹿儿沟，一路佛塔肃静，经幡猎猎，鸟语花香，水在涧中流，青苔石上生。眼望大南沟、小南沟、八鹿沟、直沟和叉腰沟等九沟十八岔二十四个簸箕湾，沟沟流水潺潺，清澈见底，岔岔鸟鸣其间，悦耳动听，湾湾奇花绽放，异草毕现。进入任何一沟一岔一湾，雾在林中游，人在苔中飘，山雀林间鸣，清泉石上流。清澀的山泉一路欢歌笑语，召唤着自己的兄弟姐妹，汇成一股股清溪，和着阵阵松涛声，飞泻于林间，迎着阳光的笑语在河石上跳跃不止。踏着河畔青石溯溪而上，听着山间的鸟鸣、远古的牛铃响彻神话的密林；读着绽放的野芍药花、奇异的山石、飘逸的流云、溪间娃娃鱼的轻游、炊烟缭绕的牧民的尖顶帐篷，令人目不暇接；感受着母牛舔犊的情意和牛犊恋母的情结，思忆着领略和阅读它的活泛和与众不同，会沉浸在一种清悠和疼爱的领悟当中。心怀对大自然的敬意，拨开美不胜收的林草，踩着翠绿绵软而厚实潮润的地衣，眼望太阳掩映在清瘦笔直、高大挺拔的云杉林间，红艳和奇绝的光带穿过林梢，那落了一地的墨绿，让人心里透明清亮。莽莽林海与蓝得令人心颤的天色浑然连成一体，其间有几朵带状的白云团簇着、游弋荡浮着，此时便分辨不明云朵是落在了翠嫩的青松或是浮在瓦蓝的天宇上。丝丝地气凝成一片升腾的雾气，虚无缥缈之处又增了几分神秘，增添了些许清雅，令人心旷神怡。像兄弟般如此亲密的“四兄弟”，见证了往日岁月的沧桑和磨难，更是给世人留下了诸多思考和无尽的思念。透出地衣亭亭玉立的蘑菇和矮檵下茎叶卷曲如小儿拳头的蕨菜香气宜人，望之让人满口生津。翠嫩的柳枝再也禁不住寂寥，唤来了那些憩息歇喉一个晚上的鸟雀，唱起了清越的欢歌。挺拔的独松活泛得如同轻盈的舞者，甩手抛袖地舞着轻狂的神舞。流水和着山歌的韵律，带着沟沟岔岔的神韵和喜悦，欢畅地流淌在舞者的心境里。

太阳温馨地一笑，惹笑了哗哗的云杉林、叮咚的山溪，河柳也跟着笑弯了腰，野花笑红了脸，山雀笑着敞开了歌喉，野游的人们笑着唱着跳着融进了大自然。

柳丝儿

春，清新而爽朗。清溪为它而歌唱，风儿为它而愉悦，牛儿羊儿为它而欢腾……柔软的柳丝儿为它而鼓劲。

清纯的童年为春而奔忙。

春天，最先是柳丝儿唤来的。河道里一排排的柳树随风硬邦邦地摇晃了一个冬天，摇得不耐烦的时候，河冰在阳光的抚摸下哗的一声散架了，化成了滚滚的流水，唱着欢快的歌儿流向远方。风儿不再是那样的干硬，轻柔地拂在人的脸上，绵绵的像温泉里的泉水，有点湿淋淋的感觉。牛儿羊儿远眺着大山，满眼的期望。几个孩子在河道里跑来跑去，柳丝儿一改它生硬的性子随风摆来荡去，轻轻呼喊春的到来。

河冰走了，风儿却温柔地留了下来，柳丝儿显得更为轻柔。在河冰还没有化尽的时候，柳丝儿就显出了春意，远远地看到河道里柳树的梢头渐渐地由黑变红，由红变黄，一个劲地喊着：“春来了，春来了。”春天就这样在柳条上荡着秋千，翻着跟头，吹出哨声，跳着优美无比的甩头舞来了，便不禁忆起童年的一些往事来。

柳梢儿有了动静，有了春天的气象，窝了一个冬天的儿童再也守不住暖烘烘的热炕头，约上同伴拿上背篼到河里捕“柳花鱼”去了。捕“柳花鱼”的过程是个既兴奋又激动的过程，有了这个过程吃鱼就觉得索然无味了。一帮小混混儿，雄赳赳气昂昂地来到河道里，先折上一些粗壮的柳条，再找到水深河窄的地方，用背篼堵住水，然后用柳条搅浑河水，再顺水赶鱼，不一会儿鱼就顺着浑水全部钻进漏水的背篼里，一捞起就是几条十几条拇指大的鱼儿，活蹦乱跳的。回家时，每个人都能分到半脸盆“柳花鱼”。然而回到家里时却也不受家人的喜欢，虽然捞了鱼，但身上的衣裳都成了泥衣。

当晚，家家的烟囱里冒出的烟不是太浓，是柴火烟而不是那大把大把烧着的草火烟。一股清油的幽香和鱼味飘逸在村巷里，弥漫着荡漾着久久不肯散去。于是就有人在村巷里走着嗅着自言自语道：“谁家炸‘柳花鱼’了。”顺着村巷一路闻来，最后推开一扇半掩的大门，笑嘻嘻地走进门来，高声大嗓地说你家炸了“柳花鱼”，香了一巷子，我的口水都流到脚尖上了。主人便招呼来人上炕吃鱼。鱼是干炸的，黄澄澄、油旺旺、香喷喷的。屋里再也没有了说话声，只听到嚓嚓的吃鱼声，吧唧吧唧的舔嘴声。

春天依然在柳条上轻松地荡着秋千，翻着跟头，吹出哨声，跳着舞蹈。准备着慢慢为喊春的柳树提前披上一身翠绿的大氅。“柳花鱼”在清澈的河水里欢快的游荡。水面上漂游着棉花样的柳絮，一起一伏地远去。

真正的春天到来了。

跪乳时期的羊

家中二十几年不养山羊了，近日父亲不知从哪儿弄来了一只纯白色的奶山羊，说是一来闲着没事寻个事干；二来是养着吃羊奶。看着院子里悠闲地散着步的奶山羊，就不由忆起喂养了我们弟兄三人的一只奶山羊——羊妈妈。

“羊妈妈”是远乡的一个姑夫送给大弟的。母亲生下大弟三个月后由于家务活繁重，生活清苦，奶水就断了，大弟整日哭闹让一家人不得安心，奶奶想着法子给大弟喂大豆汤、稀饭粒，但大弟就是不肯吃，哭得死去活来的。后来没办法了，奶奶就让叔父到远乡的姑姑家去借奶山羊。那个时候，姑姑家养了很多奶山羊，叔父去借的时候，姑父不在家，出远门了，姑姑做不了主。叔父没借到奶山羊独自一个人回来了，大弟号哭的时候，奶奶就骂姑姑是白眼狼，白养活了。奶奶就端着一只大碗东家进西家出的要牛奶和羊奶，凑合着喂养大弟过日子。

叔父从姑姑家回来没几天，姑父就赶着一只奶山羊笑嘻嘻地来了，那只奶山羊体形高大，浑身雪白，肚子下面的奶子像个布袋一样垂着，晃着，晃得人眼馋口甜，身后还跟了一只小山羊，也浑身雪白雪白的，没有一点杂毛，在院子里调皮地蹦来蹦去。奶奶看到了奶山羊就高兴地把眼睛笑眯成了一条缝，嘴里不停地说着："这可解了我的难了，我的娃有奶了。"姑父笑嘻嘻地说："一大一小两只羊就送给娃娃了。"

那只奶山羊一次能挤满满的两大搪瓷缸子奶。大弟吃不了，我也跟着吃。奶挤完后，那只小山羊就跪在地上使劲地用头碰奶山羊的肚子，狠劲地吃奶，显然奶水没有以前那么充沛了，小山羊是吃不饱的。奶奶看着小山羊吃不饱，就嚼些熟大豆给小山羊喂，小山羊也乐意，整天跟着奶奶，蹦蹦跳跳地好不快活。后来大弟能爬了，忙着的时候，母亲顺着奶山羊的脊梁一抚，奶山羊就躺在地上，然后母亲拿湿毛巾把奶山羊的奶头擦一擦，把大弟放在羊肚子上让他自己吃奶，这样倒也省了许多事。再后来，大弟会说话了，想吃奶的时候就使劲地喊羊妈妈……奶山羊就会跑到大弟的身边来。从那以后，我们一家人都叫那只奶山羊为"羊妈妈"。

"羊妈妈"喂养大了大弟，我也跟着沾了光。后来小弟出生了，母亲还是没有奶水，奶山羊就又成了小弟的"羊妈妈"，我和大弟还跟着小弟吃"羊妈妈"的奶。

那个时候，大弟和小弟由于吃了"羊妈妈"的奶，长得肥肥胖胖的，胳膊上的肉长得像竹节似的，一节一节的，走起路来腿肚子上的肉都彼此磨着，让很多人家的父母和孩子都羡慕得不行，提出要买那只“羊妈妈”，也有的人想买那只小的奶山羊，但奶奶不忍心占姑父家的便宜，把那只小的奶山羊喂养大后又送回给了姑父家。

大弟和小弟吃着“羊妈妈”的奶长大了，“羊妈妈”也就不再有喂养人的任务了，专门喂养一窝又一窝的小山羊羔子。渐渐地大弟和小弟也就忘了小时候吃“羊妈妈”的奶的事了。有时候，“羊妈妈”调皮的时候，大弟和小弟就会顺手拿上鞭子或是棍子什么的去打“羊妈妈”，奶奶看见了，狠狠地训斥了大弟和小弟一顿，让他俩看看小羊是如何对待羊妈妈的。大弟和小弟没有看出个所以然来。奶奶就怒气冲冲地说：“羊羔子，一个畜生都知道吃奶的时候是要跪着吃的，以此来报答老羊的喂乳和养育。而人，肚子饱了忘了娘，你们要不是吃‘羊妈妈’奶的话，早就饿成了干猴子。”大弟和小弟听了奶奶的话，走过去抚了抚奶山羊的角和背，奶山羊目光静水般看着大弟和小弟，像一位母亲在看她的儿子们似的。从那之后，大弟和小弟再也没有欺负过“羊妈妈”。

又过了好几年，“羊妈妈”的牙口老了，吃不动草料了，身体垮了，也就不产羔了。浑身浓密的毛变得稀疏，肚子也瘪了进去，没有了往常的那种精神。看来“羊妈妈”是老了。又过了一年，“羊妈妈”老得连草料都嚼不动了，终于在秋后的一个早晨，“羊妈妈”躺在圈里再没有起来。秋后的阳光暖暖的，满身肥膘的羊儿都跑到山上撒欢儿去了。而“羊妈妈”却静静地卧在圈里，一动不动，眼神痴痴地望着圈外。母亲从场里割了一把嫩冰草，它看都不看一眼；母亲又端来了一盆清水，它只伸嘴舔了舔，摇了摇头，然后慢慢地把头放倒在冰草上，闭上眼睛睡着了。母亲摇了摇“羊妈妈”的头，“羊妈妈”一动不动。母亲知道“羊妈妈”永远走了，丢下它喂养大的“孩子”永远地走了。

母亲跟奶奶和父亲说着“羊妈妈”临终前的那种坦然和神态时，禁不住哭了起来，像是哭自己的一个亲人似的。

我们都跟着妈妈哭了，哭得伤心欲绝。

我们的“羊妈妈”走了，永远地走了，留下了零碎的记忆。